中國歷代書目題跋叢書

〔清〕吴壽暘　撰
郭立暄　標點

拜經樓藏書題跋記

圖書在版編目(CIP)數據

拜經樓藏書題跋記／(清)吴壽暘撰；郭立暄標點.
—上海：上海古籍出版社，2018.11
(中國歷代書目題跋叢書)
ISBN 978-7-5325-8980-7

Ⅰ.①拜… Ⅱ.①吴… ②郭… Ⅲ.①私人藏書—題跋—中國—清代 Ⅳ.①I264.9②G256.4

中國版本圖書館 CIP 數據核字(2018)第 220802 號

中國歷代書目題跋叢書
拜經樓藏書題跋記
［清］吴壽暘 撰
郭立暄 標點
上海古籍出版社出版發行
(上海瑞金二路 272 號 郵政編碼 200020)
(1) 網址：www.guji.com.cn
(2) E-mail：guji1@guji.com.cn
(3) 易文網網址：www.ewen.co
蘇州越洋印刷公司印刷
開本 850×1168 1/32 印張 7.75 插頁 5 字數 166,000
2018 年 11 月第 1 版 2018 年 11 月第 1 次印刷
印數：1—1,500
ISBN 978-7-5325-8980-7
K·2550 定價：42.00 元
如有質量問題，請與承印公司聯繫

《中國歷代書目題跋叢書》出版説明

漢代劉向、劉歆父子編撰《别録》《七略》，目録之學自此濫觴，在傳統學術中發揮了重要作用。歷代典籍浩繁龐雜，官私藏書目録依類編次，繩貫珠聯，所謂「類例既分，學術自明」（《通志·校讎略》），學者自可「即類求書，因書究學」（《校讎通義·互著》），實爲讀書治學之門户。而我國典籍屢經流散之厄，許多圖書真容難睹，甚至天壤不存，書目題跋所録書名、撰者、卷數、版本、内容即爲訪書求古的重要綫索。至於藏書家於題跋中校訂版本異同、考述版本淵源、判定版本優劣、追述藏弆流傳，更是不乏真知灼見，足以津逮後學。

我社素重書目題跋著作的出版，早在二十世紀五十年代，我社就排印出版了歷代書目題跋著作二十二種，後彙編爲《中國歷代書目題跋叢書》第一輯。此後，我社又與學界通力合作，精選歷代有代表性和影響較大的書目題跋著作，約請專家學者點校整理。至二〇一五年，先後推出《中國歷代書目題跋叢書》第二至四輯，共收書目題跋著作四十六種，加上第一輯的二十二種，計六十八種，極大地普及了版本目録之學。面對廣大讀者的需求，我社將該叢書陸續重版，並訂正所發現的錯誤，以饗讀者。

上海古籍出版社

二〇一八年八月

整理説明

《拜經樓藏書題跋記》五卷，清吴壽暘（一七七一—一八三一）輯。書中著録拜經樓藏書三〇七種，彙集其父吴騫（一七三三—一八一三）及衆多名人學士的賞鑒題識。「其中辨誤析疑，兼及藏書之印記，書版之行款，鈔書之歲月，莫不詳識」（管廷芬語）。附録一卷，《古官印考》三篇、古今體詩十五首爲壽暘作，又附詩五首爲壽暘子之淳（一八一〇—一八四六）作。

吴壽暘，字虞臣，號蘇閣，海寧人。父騫，字葵里，一字槎客，號愚谷，又號兔床山人，貢生。「生平酷嗜典籍，幾寢饋以之。自束髮迄乎衰老，置得書萬本，性復喜厚帙，計不下四五萬卷。皆節衣縮食，竭平生之精力而致之者也。非特裝潢端整，且多以善本校勘，丹黄精審，非世俗藏書可比」（《桐陰日省編》）。築拜經樓，貯書甲於一邑。同時有吴縣藏書家黄丕烈，廣儲宋本，並構築專室收藏，學士顧蒓顔其室曰「百宋一廛」。兔床聞之，即自題其居曰「千元十駕」，謂千部元版，遂敵百部宋版，如駑馬十駕。兔床去世後，壽暘承父藏書，輯成此編。秘之篋衍，不以示人。道光年間，壽暘子之淳手録是書付蔣光煦。至道光二十七年（一八四七），蔣氏將其刊刻行世。

根據上海圖書館所藏吴騫晚年手定稿本《拜經樓書目》（著録一五七九種）推斷，吴氏藏書總量約在一千五百種以上。此書著録者雖僅占其五分之一，却基本包括了拜經樓藏書最精華部分。在著録内容方面，此書集中了吴騫及杭世駿、盧文弨、錢大昕、周春、鮑廷博、周廣業、朱型家、張燕昌、錢馥、陳鱣、黄丕烈等當時最優秀版本、校勘學者的研究成果。作爲一部私藏善本書録，此書體例别具一格，内容生動翔實，對我們瞭解拜經樓的藏書結構、評估其藏書質量頗有幫助。

在版本鑒定方面，此書存在個别失誤。如所列宋刻本約二十種，其中《九經白文》、《太玄經》，實爲明嘉靖刻本，《説苑》實爲明翻宋本；所列元刻本二十九種，其中《宋史全文續資治通鑑》實爲明天順游明刻本，《風俗通義》實爲明嘉靖刻本，《道園學古録》實爲明景泰鄭逵刻本。這些錯誤在當時的歷史條件下是難以避免的，也是可以理解的，無損於此書的價值。

此書共有三種本子，一是道光二十七年蔣光煦宜年堂刻本，二是清光緒朱記榮槐廬家塾刻《校經山房叢書》本，三是民國十三年（一九二四）蘇州文學山房活字印本。朱本據蔣本重刻，改正了蔣本幾處明顯的誤字，但也有脱漏之處。如卷二《武林舊事》條後，蔣本有吴之淳注：「先君子（吴壽暘）附跋係跋《錢塘遺事》之文，爲鈔胥所紊，當移綴《遺事》之末。」朱本删去此條注，卻未移綴壽暘附跋。文學山房本與朱本大致相同。

此次整理標點，以蔣本爲底本，其顯然訛誤者據朱本改正。《武林舊事》末壽暘附跋移至《錢塘遺事》後，不再出校記。卷五《瀛奎律髓》條提及馮舒字「巳蒼」，前本「巳」多誤作「已」、「己」。檢臺灣《「中央」圖書館善本題跋真跡》頁二〇一九，抄本《王建詩集》卷端鈐有「馮巳蒼手校本」印，知當作「巳」，今據以改正。蔣本總目僅列門類、種數，今列出書名。正文中説明附見於吴騫《愚谷文存》、《拜經樓詩集》、《拜經樓詩話》者二十五篇，今從相應著作中輯出，以小注形式附於本篇之末。其間謬誤不免，尚祈方家指正。

郭立暄

二〇〇六年四月

目録

卷三　地志目録三十條……六七

卷四　諸子雜家七十九條……九八

卷五　別集總集百二條……一四〇

附録……一九九

索引……1

序

客有問於余曰：「昔錢遵王成《讀書敏求記》，秘不示人，蓋慮異本著聞，則巧偷豪奪，日無已時，不遂所求，或且召釁也。今蔣生沐刻《拜經樓題跋記》，廣傳於世，是豈樓主人累世保守遺書之意乎？」余曰：「不然。叢殘之帙，雖古香黤黮，非若金玉玩好之足以娛俗也。同此嗜好者，大都博物君子，豈忍攘人累世之藏以自私篋衍哉？況兔床先生生平得一異本，必傳示知交，共相鈔校，非私爲己有者。其所題記，正訛糾謬，既詳備矣。世之君子得讀其文，已如目覩舊本，獲益神智，何必私有其書而後快然自足耶？」客既去，生沐屬爲序文，乃録問答之語以告世之讀此書者，且冀吴氏後人皆如蘇閣父子之善承先志，保護舊籍，勿損於蟲蟻，勿奪於豪勢，擇人通假，責歸如期，則拜經樓當與四明范氏天一閣並峙而爲浙東西宛委之藏也。道光丁未九秋既望，甘泉鄉人錢泰吉識於可讀書齋。

蔣光煦跋

光煦少孤，先人手澤，半爲蠹魚所蝕。顧自幼即好購藏，三吴間販書者皆苕人，來則持書。入白太安人，請市焉。輒歎曰：「昔人有言，積金未必能守，積書未必能讀，若能讀，即爲若市。」以故架上書日益積。稍長，欲得舊刻舊鈔本，而苕賈射利之術，往往索時下諸刻與易而益之金，則輾轉貿易，所獲倍蓰。未幾，凡余家舊藏世所恒有之書易且盡矣。今計先後裒集者蓋得四五萬卷，露鈔雪購，其值已不貲。而舊刻舊鈔本之中，苕賈弊更百出：割首尾，易序目，剔畫以就諱，刓字以易名，染色以僞舊。卷有缺，剗他版以雜之。本既亡，録別種以代之。反覆變幻，殆不可枚舉。故必假舊家藏本，悉心讐勘，然後可安。而吾邑藏書家近數陳簡莊徵君士鄉堂、吴兔床明經拜經樓。顧余生也晚，均不獲接其緒論。徵君役，書籍亦亡失。惟吴氏猶世守之，洎與其孫鱸鄉茂才交，乃得假拜經樓善本以校所藏之缺失焉。歲丙午，鱸鄉下世，吴氏所藏亦不若曩時之易於借觀矣。而是書爲鱸鄉尊人蘇閣先生所記述，鱸鄉曾手録其稿以見遺，因授之梓，而附其父子詩文若干首於後，以廣其傳，并著平日所閱歷，以見購藏之不易。苟非若兔床先生之精於鑒別，雖擁書數萬卷，未足傲南面百城也。道光丁未九月朔，蔣光煦識。

管庭芬跋

國初吾邑東南藏書家首推道古樓馬氏、得樹樓查氏，蓋兩家插架多宋刻元鈔，而於甲乙兩部積有異本，其珍守已逾數世，不僅爲充棟計也。兔床先生祖籍休寧，流寓尖山之陽百有餘年矣，世以文章經術著稱。先生博綜好古，纂述宏富，值馬氏、查氏遺書散布人間，先生偶得其殘帙，流連景慕，每繫跋語，以寄其慨。迨後搜討益勤，兼於吴門、武林諸藏書家互相鈔校，并與同邑周松靄大令、陳簡莊徵君賞奇析疑，獲一秘册，則共爲題識，歌詩以紀其事。故拜經樓之藏弆足與道古、得樹二家後先鼎峙。嘉慶癸酉，先生年八十一下世，次君蘇閣明經彙録藏書跋語，析爲五卷。秘之篋衍，不以示人。歲己亥，余客硤川蔣氏之别下齋，時明經没已數年，哲嗣鱸鄉茂才出示遺墨，其中辨誤析疑，兼及藏書之印記，書版之行款，鈔書之歲月，莫不詳識。海昌遺老之載籍，世鮮傳本，並爲著録。其留心桑梓，不僅汲古之深心矣。生沐廣文讀而稱善，鈔藏其副。乙巳之秋，鱸鄉謝世，遺書塵封，問奇無自。生沐廣文謂《拜經題跋》實勝《讀書敏求記》，欲廣其傳，乃屬庭芬偕許君光清校寫付梓，并輯蘇閣明經父子詩文一卷附之。余嘗見寒中、初白二先生收藏之本，皆有跋尾，惜無人搜輯以傳。兔床先牛鉛槧之餘，得存此五帙，視道古、得樹二家爲無憾矣。而蘇閣父子保守遺籍，累世不怠，亦自來藏書家所難能也。此書傳，蘇閣父子之苦心亦可告慰矣。道光丁未重九前一日，鄉後學管庭芬謹跋。

拜經樓藏書題跋記卷一

周易兼義

宋本《周易兼義》十卷，末一卷爲《略例》，並附陸氏《釋文》。每半葉十行，每行大字十八、小字二十四。版心有校正、重校等銜名，蓋明時修版。古字率多改竄，間有未經改盡者，如「明辨晳也」、「兼三材而兩之故六」、「傷於外者必反於家」之類，猶可見古本之仿佛。首卷鈔補《五經正義表》，後署「永徽四年二月二十四日太尉揚州都督上柱國趙國公臣无忌等上」。爲錢孫保求赤影鈔宋本《周易注疏》中所有，梓本皆無之。乾隆庚子，姚江盧抱經學士録以寄先君子，因補入卷首。學士跋云：「元本半頁九行，每行十七字。其『勑』字唐人皆作『勅』，今并提行皆仍之，以不失其舊。至於闕筆避諱之處，今無取於相沿耳。」先君子跋見《愚谷文存》中[注]。

[注]《愚谷文存》卷之四《唐長孫無忌等進五經正義表跋》：

《六經》自漢儒訓故後，至唐代而闡發益宏博，良由高祖首崇儒術，開國之初，即詔立周公、孔子廟於太學館，設博士，郡國置生。繼以太宗，王府有文學之選，殿庭有直宿之廬，燕間接對，咨訪彌勤。有唐三百年文教之盛，蓋駸駸於是矣。《五經正義》之作，尤爲百世之所宗仰。按《新唐書·孔穎達傳》云：「初，穎達與顏師古、司馬才章、王恭、王琰受詔撰《五經》義訓凡百餘篇，號《義贊》，詔改爲《正義》云。雖包貫異家爲詳博，然其中不能無繆冗，博士馬嘉運駁其失，至相譏詆。有詔更爲裁定，功未就。永徽二年，詔中書門下與國子三館博士、弘文館學士考正之，於是尚書左僕射于志寧、右僕射張行成、侍中高季輔就加增損，書始布下。」又宋《崇文總目》云，《五經正義》，唐太尉長孫无忌與諸儒刊定。表當即其時所進。然史稱永徽二年，而表後歲月在四年者，蓋諸儒檢討首尾，又歷三載而後卒業上上也。

此表乃武林盧抱經學士從明錢孫保求赤影抄宋本《周易注疏》中傳出。庚子夏五，學士有太原之行，扁舟過小桐溪道別，始以告予，許抄寄未果。今秋乃從下昂丁小疋教授借得，亟令兒壽照手録，以補刊本注疏之闕。

又按宋邢昺被命刊定《論語》、《孝經》、《爾雅》等注疏，經進時度亦當有表，如《玉海》稱皇侃《論語義疏》，邢昺謂其援引不經，辭意淺陋。今《論語正義》中未見此文，疑亦其進表中語，而世行刊本皆無表，又安得古本而補之，以成全璧乎？

紫巖易傳

《紫巖易傳》，舊鈔本，三册。前有「秀水朱氏彝尊錫鬯」圖記，蓋曝書亭藏書。其經文尚存一二古本，如《繫辭》「力少而任重」不作「小」，解云，互兑，兑毁力少也。「傷於外者必反於家」不作「其」，解云，明德之傷，不反諸家，其能治乎。古義之不泯於今，猶賴此以得其梗概。

周易傳義附録

元刻本《周易傳義附録》十四卷，每葉二十四行，行二十二字。前列《圖説》、《綱領》，後附《五贊》、《筮儀》，卷末有「至正壬午桃溪居敬堂刊行」方印，蓋元刻之佳者。又一部紙墨更舊，後印爲書估截去。翁覃溪學士《通志堂經解目録》謂割裂《本義》以附程《傳》，自楷此書始。然其中經文尚存古字，如《大有象傳》「明辨晢也」，《繫辭》「何以守位曰人，其受命也如嚮」，又《釋文》「嚮，許兩反，古響字」，今本直作「響」，并《釋文》亦删。「力少而任重，兼三材而兩之故六」，《序卦》「傷於外者必反於家」，《雜卦》「豐多故親寡旅也」，「故」下無「也」字。並與唐《石經》、宋咸淳本合。又「咸速也，恒久也」下，《本義》「感速常久」與九江吴革大字本同，不失文公原書之舊。惟「遘遇也」已改作「姤」，今通志堂本「豐多故」下亦添「也」字，與通行本無異矣。

周易原旨

舊鈔本，三册，八卷。按《千頃堂書目》云：「保八《周易原旨》六卷，又《繫辭》二卷，前有進皇太子牋，稱大中大夫前黄州路總管兼管内勸農事臣保八。其書有方回、牟巘序，稱之曰普庵者，其號。曰公孟者，其字也。居洛陽。諸書亦名《易體用》。」《簡明目録》云：「原本作『保八』，今改『寶巴』。」

周易議卦

此舊鈔本，題《周易輯聞》，宋趙汝楳撰。先君子書云：「按《周易議卦》一卷，明王崇慶撰，見《千頃堂書目》。此誤題趙汝楳《周易輯聞》，殊不可解。考《周易輯聞》十六卷，通志堂刊入《經解》中，與此迴別也。」前有蘇祐、黃洪毗《端溪經義》二序，嘉靖丙申崇慶自序。

易學全書

明卓爾康著，五十卷，見《千頃堂書目》。爾康字去病，仁和人，以工部郎中左遷常州檢校，陞大同推官。《明史》有傳。

尚書全解多方

元林之奇拙齋《尚書全解》，元闕第三十四卷，歸安丁小疋學博從京師書肆借鈔，末有附録十三條。學博跋云：「乾隆丁酉，予在京師，從琉璃廠五柳居書肆借鈔此卷，乃《永樂大典》本也。快哉！歸安丁錦鴻升衢甫識。」「餘姚鄭君察峰鉉、海寧陳君竹厂以綱先後爲予校正譌謬，又一快也。冬至後四日重記。」「戊戌春，竇應劉君端臨台拱借鈔，再校一過。朋儕先後傳寫者可數十本矣。」「其年八月，始見官本，遂手自校訂，有新鈔誤者，有舊鈔誤者，亦有林氏自誤者。悉皆改正，不暇分別標識也。編修鄒公玉藻、纂修大總裁劉文正公尚在列，蓋癸巳秋從《永樂大典》中出者。」「己亥七月六日覆校一過，興化顧君文子九苞改正一字。錦鴻改名杰記。」乾隆辛丑，先君子從知不足齋假録，並手書諸校語於上。

讀書管見

舊刻王耕野《讀書管見》，四册。前有「千頃堂圖書」印章，知爲黄氏舊藏，裝訂甚精整。按《千頃堂書目》，王充耘字與耕，吉水人。登元統甲戌進士，授永州同知，以母老棄官歸。尚著有《四書經疑貫通》及《兩漢詔誥》，皆失傳。又《書義矜式》，不著卷數。此書多摘取經語爲之，前序不著姓氏，後梅鶚跋云。序内謂其於《四書》别有《管見》若干卷，多所發明，而不獲與是編俱存，未知即黄氏所稱《四書貫通》否？梅跋後又云：「《讀書管見》多前賢未發之意，而訓釋明暢，一洗世儒牽强補輳之謬，爲功於九峰也鉅矣。鄰政之暇，予過下闕。」此數行爲通志堂所未刻，《經義考》亦未録。惜以下皆遭割截，無從得其全文耳。《千頃堂書目》作字與耕，與他處皆作字耕埜異。

晚書訂疑

鈔本《晚書訂疑》三卷，程廷祚撰。先君子校正，並多訂補。

毛詩指説

《毛詩指説》一卷，唐成伯瑜述。分興述、解説、傳受、文體四類。後跋云：「唐成伯瑜有《毛詩指説》一卷、《斷章》二卷，載於本志。《崇文總目》謂《指説》略敘作詩大旨及師承次第，《斷章》大抵取《春秋》賦詩斷章之義，擷詩語彙而出之。克先世藏書偶存《指説》，會分教京口，一日同官毘陵沈必豫子順見之，欲更訪《斷章》，合爲一帙。蓋久而未獲，乃先刊《指説》於泮林，庶與四方好古之士共焉。乾道壬辰三月十九日，建下闕。」此舊鈔與前《周易議卦》合一册，先君子以通志堂刊本校，鈔本較勝。覃溪先生《通志堂經解目録》云：「其《傳受》一篇足資考核，唐世説《詩》，《正義》而外，傳者惟此書耳。其中尚有闕字。『瑜』《新唐志》作『璵』。」

詩集傳

右不全宋本，止八卷，陳簡莊徵君從中吴爲先君子購得。經文悉與唐《石經》同，注文悉存文公原本。與徵君所藏宋刻相伯仲，係明晉府圖書，每册皆有印記。楮墨古雅，字畫精楷，蓋宋刻之佳者。先君子書云：「按《明史·諸王傳》，晉恭王封於太原府，傳至裔孫表藥，孝友好文，分封慶成王。此豈其故物耶？」簡莊徵君跋其所藏《詩集傳》云：「考文公孫鑑《詩傳遺説》序云，《詩集傳》豫章、長沙、後山皆有本，而後山校讐最精。是本或亦係後山本耶？自《小雅》以後闕，徵君所藏亦闕《小雅·蓼莪》至《大雅·板之什》，吉光片羽，彌足珍已。」

詩童子問

汲古閣刊本，前有「錢求赤」圖記印，蓋懷古堂舊藏也。

詩傳通釋

舊鈔本《詩傳通釋》二十卷，前有「曹溶之印」、「檇李曹氏藏書印」二圖記，蓋秋岳侍郎藏本。經文及注並與宋本同。《竹竿》「遠兄弟父母」亦未改。惟「羊牛下括」作「牛羊」，「彼徂矣岐」句下引沈氏説，與吴門袁氏所藏宋本《詩集傳》爲錢竹汀宮詹所拈出者同，且中多缺筆，蓋從宋本影鈔者。

詩經疏義

右凡二十卷，爲元番陽朱公遷所撰而門下士補訂者。卷首列「後學番陽朱公遷克升疏義，野谷門人王逢原夫輯録，松塢門人何英積中增釋。」有至正丁亥公遷自序，復有明正統甲子何英後序。前有「嘉靖二年孟夏月安正堂重刊」長印，後有「癸未年仲夏安正書堂刊」長方印，蓋初刻於正統間，重刻於嘉靖二年。卷首列《詩序辨説》及《綱領》二十五圖，前有讀書凡例，例内「本經文誤寫」一條謂「十月之交，朔日辛卯」，古本是「朔月」，今《集傳》本皆爲「朔日」，明是誤字。如《論語》最後「不知命」，古本是「孔子曰」，《集注》無「孔」字。《孟子》「行者有裹糧」，古本是「裹囊」，《集注》本以「囊」爲「糧」字，皆誤也。循用既久，不知其然矣。此「朔日」字宜改從古本。蓋元時所見本已如此。然宋本《詩集傳》「朔日」故作「朔月」，咸淳本《四書》「裹糧」仍作「裹囊」耳。其經文之異於今本者，如《定之方中》「終然允臧」，《皇矣》「以篤于周祜」，《周頌》「既右享之」，《商頌》「來假祁祁」，並與唐《石經》合。惟《竹竿》「遠兄弟父母」已作「父母兄弟」，「家伯維宰」作「爲宰」。其注之異於今本者，如《周南》「不可休息」下，吴氏曰，《韓詩》作「思」；《小雅》「爰其適歸」，「爰」下注，《家語》作「奚」；《周頌》「假以溢我」，「假」下注，《春秋傳》作「何」，「溢」下注，《春秋傳》作「恤」。按錢宫詹《養新録》載：「竇山朱寄園家藏元儒雙湖胡氏《詩傳附録纂疏》二十卷，一遵朱文公元本」，卷分及字句此並與之同，蓋皆未經改竄删併者也。「爰其適歸」注，《養新録》謂今本删去「《家語》作『奚』」句，直改爲「奚」，大非文公説經謹慎之意。「假以溢我」句，删去《春秋傳》云云，則注中「假」之爲「何」、「溢」之爲「恤」云云，令人不解何謂矣。讀是書知元儒尚守家法，不似明人之鹵莽妄作。又「祇自疷兮」下引劉氏曰：「當作疧，與瘏同，眉貧反」；「婁豐年」下注「力注反」。與《潛研堂文集》所拈出者並同。「彼徂矣岐」句下引沈括説，與宫詹所記合。蓋是書雖刻於明之中葉，而猶爲元儒手筆，悉仍文公之舊，未經妄删者，洵可貴也。

詩經澤書

《詩經澤書》，明宜興堵牧游先生著。不分卷，亦無序目。先君子從陽羨得鈔本，因録副藏於家，並補入朱氏《經義考》。有序一篇，刻《愚谷文存續編》中[注]。

【注】《愚谷文存續編》卷一《詩經澤書序》：《詩經澤書》，明宜興堵牧游先生著。不分卷，亦無序目。按南岳張夏撰《堵文忠公年譜》載此書成於崇禎八年四月，又有《禮經澤書》五卷、《春秋説義》四卷、《史論》等。公父子並没於軍旅，遺書多散佚不傳。予向嘗録得公《年譜》，去秋遊桃溪，見盧氏茗南書屋所藏公遺集，凡五册，自奏疏、詩文、家書、家規而外，各經解惟列其名目而無書。今復從徐舍陳子景辰借得此舊鈔本，因亟爲傳録其副。古來名臣賢將帥，類多好經術，如關壯繆、岳忠武皆能通《春秋》大義，見於紀傳。矧公以名進士起家，迨國步阽危之日，入秉鈞衡，出督師旅，慷慨激烈，負回天倒日之志，而於戎馬倥偬間，猶矻矻孳孳，紬經繹史不少輟，何其志之苦而學之勤也。《詩》曰：「王事靡盬，不遑將父」，諸葛武侯曰：「鞠躬盡瘁，死而後已」，非公之謂與。公所著諸經，不見於《經義存亡考》。竹垞檢討大約以《千頃堂書目》爲藍本，黄氏闕載，則朱氏亦不録。予得此書而藏之，拜經樓又添一遺經，不尤可喜也哉。

毛詩闡秘

魏沖叔子著。不分卷。《國風》爲一册，《小雅》、《大雅》各爲一册，三《頌》爲一册。蓋叔子承汲古主人之屬，輯以授奏叔、黼季兄弟者。有天啟四年七月沖自序，謂《詩》固毛氏之家學，不可以無傳。爲之發藏攄臆，舉父兄師長之心傳，百家衆說之精義，采録全編，名曰《毛詩闡秘》云云。後有毛氏兄弟跋。奏叔跋稱其窮原極委，正訛核實，芟蔓振綱，成書歷幾歲月，翻閱點定，反覆再三。具見當日傳授之苦心。黼季跋謂此書大爲商邱宋公所擊賞，欲捐貲購梓。毛氏以師書不忍廢去，戒後人什襲而藏。更足徵其善承師學矣。卷末復有知休寧縣事虞山丁斌跋，其首頁爲人掣去。是書先君子得於吴門書肆中，鈔寫甚精，硃筆圈點及題識皆親筆，裝褫雅潔，印記纍纍。嘗取以補入《經義考》，並書云：「宋牧仲嘗欲購此書刻之，黼季靳而弗與。後歸休寧程某，休寧令虞山丁斌又爲之跋。丁未夏日，予於吴門書肆得之，猶是汲古精鈔，裝潢題識皆無損，真可寶也。」又云：「按《毛詩闡秘》依《集注》分卷，乃叔子在琴川毛氏授學表、扆兄弟時纂輯，以裨舉業之用。然據黼季跋，以爲歷數載苦功，取材富而考覈精，即魏氏子孫亦不知有是書，蓋先生所授枕秘也。」

春秋左傳注疏

右六十卷。前題「附釋音春秋左傳注疏」，每葉二十行，每行大字十五、小字二十三。《傳》與《經》皆平格。《經》文一年下皆接書，但冠以圈，不提行。《注》與《釋文》不混。如桓三年，《傳》「齊侯送姜氏」下云，「齊侯送姜氏」，本或作「送姜氏于讙，公子則下卿送。公子，公女」。但作小字，以圈隔之，與宋本同。蓋作《釋文》，不作注也。汲古閣本則作注矣。先君子嘗以宋本校汲古本，云：「按此正陸氏《釋文》，毛氏誤刻作注，及其專刻《左傳》杜注，則又并《釋文》而脱之，皆誤。」襄十一年，《傳》「無所不諧」注「九合諸侯」下云云亦《釋文》，加圈以别之。毛氏本則直作注矣。其它《釋文》及注爲汲古閣本所脱誤者尚多。若經文「侻諸」、傳文「費庈父曰吉遇公用享于天子之卦也」、「趙孟曰：夭乎」之類，皆與宋本同。前有蒙叟圖記，蓋曾入絳雲樓者。

古文春秋左傳

右十二卷，王應麟撰集。先君子從小疋學博鈔校，識後云：「乾隆癸卯秋日，從歸安丁君小疋借録。九月晦日，校於皋亭道中。烏桕醉霜，青山如畫。」

春秋五禮例宗

舊鈔本，闕三卷。前有紹聖四年大亨自序。先君書簡端云：「偶得舊鈔本《春秋五禮例宗》，中闕第四、五、六三卷。頃周芚兮大令得宋槧本，闕卷與此同。大令言昔通志堂刊《經解》時，此書及龍仁夫《易傳》以求全本不獲，遂從舍旃。理或然與。甲辰三月十五日識。」

春秋尊王發微

是編影鈔本。每葉二十八行，行二十二字。前有「虞山錢曾遵王藏書」圖記，又有「修遠氏」、「顧宸之印」、「季振宜印」、「滄葦」四圖記。先君子跋云：「予收得舊鈔本《春秋尊王發微》，書體頗端楷。玩其圖記，蓋虞山錢遵王先生藏本，嘗載諸《讀書敏求記》者殆即此也。述古堂之書後盡歸於季滄葦侍御，滄葦既没，又復散去。此雖崑山片玉，猶足以想見當時之盛也。因取通志堂刊本手校而藏之。」暘案：二本互有得失。如莊七年，「恒星不見」，解云「常星，星之常見者也」；宣十一年，「楚人殺陳夏正舒」下同。蓋皆避諱，存宋本面目。今刻本「常星」仍作「常」，「正舒」直改作「徵」矣。

春秋諸侯廢興、春秋總例、春秋始終

右三種，先君子從《春秋經傳集解》中録出。書後云：「偶借得宋槧《春秋經傳集解》，乃淳熙丙申閩山阮仲猷種德堂刊本，後附《春秋諸國地理圖》及《列代世次》、《春秋名號歸一圖》、《諸侯廢興》、《春秋總例》、《春秋始終》、《左氏公羊穀梁三家傳授次序》。余爲摘録三種，餘皆《通志堂經解》中所有者，不具録。甲辰三月廿二日，燈下記。」

春秋屬辭

舊刻本。每葉二十六行，行二十七字。後列校刻氏名。爲曝書亭、道古樓二家藏書，有其圖記，俱極精雅。按《千頃堂書目》謂其離析部居，分别義例，立爲八體以布列之。汸以《春秋》有史氏之舊文，有聖人之特筆，必先明于二者，而後可以讀《春秋》。彈精畢慮，凡二十年而成。蓋其精審若是。義門太史亦謂東山《春秋》諸書名重。子常又有《春秋左氏傳補註》十卷、《春秋集傳》十五卷。今通志堂所刻乃《春秋師説》三卷、《春秋補註》十卷耳。

春秋金鎖匙

右鈔本，一卷，亦子常著。《讀書敏求記》云：「是書曾於牧翁架上見之，後不知散佚何處。此則焦氏家藏舊鈔本也。」惜多訛舛。先君子曾從沈層雲先生借紅櫚書屋新刊本校勘，頗多是正。

春秋諸傳會通

《諸傳會通》二十四卷，後有「至正辛卯仲冬虞氏明復齋刊」長墨印、「南谿精舍」小墨印。每葉二十四行，行二十二字。元刻之最精者。前有「何焯之印」、後有「叢書堂印」二圖記，蓋爲匏翁、義門二先生所藏弆者。書側題識精整，猶義門先生手筆。翁覃溪鴻臚《通志堂經解目録》云：「至正九年七月自序，所編諸傳，據《左》、《公》、《穀》及胡、陳、張，而以張氏爲主。然所引張洽即今所見張氏《集註》而非張氏之傳，則知張洽《集傳》其書之佚久矣。」

春秋左傳

右《春秋左傳》杜林合注，家塾讀本。先子題首頁云：「右《春秋左氏傳》，爲宜興儲在陸先生批本，往見於長橋書肆中，因急購以歸。先生評選《左》、《國》、兩《漢》及唐、宋八家古文，藝林奉爲圭臬。惜坊刻流傳節略滋甚，盡失先生本意。即以《左氏》而論，刻本視此僅什之二三，他可知矣。又嘗見其子芝跋文集云，先君子沈潛嗜書，老而彌篤。於左氏、司馬氏、昌黎氏之書，反覆含咀，不下數十百過。蓋其生平用力之勤若是。而坊刻乃爾簡略，微是書，幾無以見先生之苦心，真可恨也！漫志於此，以告世之讀儲氏書者。乾隆戊戌春日，兔床吴某。」

春秋傳注

鈔本。前有朱竹垞檢討手跋云：「《春秋傳注》三十六卷，烏程縣學生嚴啟隆爾泰撰。爾泰名注復社，甲申後避迹，自稱巔軨子，始爲是書示生徒。以胡氏爲非，不敢盡糾其謬。錢尚書受之勸其改作，乃復點竄舊稿成之。繹其辭，庶幾鍼膏肓而起廢疾矣。康熙戊子二月，竹垞老人書，時年八十。」此跋見《曝書亭集》。後有康熙戊辰姪明範《著書年譜述》。

周禮纂圖互注重言重意

宋刻本，十二卷。前《周禮經圖》三十有九，各系以説。次篇自正文全録鄭注及唐陸德明音義，復加重言重意互注三例，共十二卷。先君子云：「按《經義考》載《周禮附音重言重意互注》十二卷，引繆泳謂元人所輯，並無指實。且與《纂圖互註毛詩》出唐、宋人之説自相矛盾。此本的係宋槧，非明尹洪兩廣重刻本也。諸卷前後原有印記，不知何時割去，迹尚可辨。」吴門黄蕘圃主事跋云：「宋刻《周禮》所見有三本：一爲余仁仲本，藏於小讀書堆，係中版。獨闕《秋官》。倚樹吟軒有蜀本，止《秋官》二卷，則大板也，見爲余有。陶筠椒有纂圖互注本，卻無闕卷，有闕葉，板子適中。惟此又係巾箱中本。余所見有《左傳》題曰婺本，此《周禮》題曰京本，蓋同一例矣。惜少《春、夏官》，安得彙而敘之如百衲《史記》乎，爲古書發一嘆云。抱沖作古，書籍不輕假人。筠椒以待賈而沽，未能借校。致令槎翁之書留余百宋一廛中，僅得與蜀殘本一校，未盡其善，又可惜也。還書之日，書數語于尾，以質諸槎翁。槎翁想亦同慨已。時嘉慶丙寅穀雨後二日，黄丕烈識。」同里陳簡莊徵君跋云：「槎客先生得此書時，適生次君虞臣，故其小字曰周官。今虞臣年已三十餘矣，展讀之下，偶思前事，宛如昨日。附記於後。嘉慶十一年歲在丙寅暮春之初，陳鱣題。」

先君子得書之日，爲不肖暘墮地之辰。今先妣見背已十餘寒暑，而先君子奄捐館舍已九閱月矣。傷二人之長逝，愧一經之徒貽。昏瞀之餘，整理故帙，悲感可勝言哉！

周禮集説

《周禮集説》十二卷，原缺《地官》，末卷爲俞庭椿《復古編》，後爲《集説綱領》。《千頃堂書目》謂：「不知何人所輯，元吴興陳君仁君復得之於沈則正，因傳之。內《地官》末卷亡，明關中劉儲秀補注。」今觀其書，《天官》卷第三後即次《春官》卷第四，是《地官》當時已缺。其自序稱，余友雲山沈君則正謂余曰：近得《集説》於霅，手澤尚新，編節條理與東萊《詩記》、東齋《書傳》相類，其博雅君子之爲與？又云：攜其書以歸，就而筆之。訓詁未詳者，則益以賈氏王氏之疏説，辨析未明者，則附以前輩諸老之議論。越明年，是書成。蓋陳氏甚用力於此焉。劉儲秀注本未識與此有異同否？是本紙墨甚古，字畫端楷，爲元刻之佳者。每葉二十四行，行二十五字。

儀禮圖

《儀禮圖》十七卷，後附《旁通圖》，元刻本。卷首列朱文公《乞修三禮奏劄》，次紹定戊子復自序及陳普序。每葉二十行，行二十字。又一部無《旁通圖》，行款無異，而字畫更精楷，圖畫益明析，爲知不足齋主人所貽。先君子嘗以校通志堂本，經尚無甚異，而圖則遠勝之。翁覃溪鴻臚《通志堂經解目録》云：「宋楊復信齋，朱子門人，嘗爲朱子續編《儀禮經傳通解》。此圖凡二百有五，又《旁通圖》一卷，分宫廟、弁冕、牲、鼎、禮器諸類，爲圖二十有五。陳鱣曰：『吴槎客嘗以鮑以文所贈元刻校通志堂刊本，則通志刻本之圖甚謬也。』」

九經白文

宋刻。每葉四十行，行二十七字。蓋即漁洋先生《居易録》所載倪雁園尚書家小本《九經》者也。先君子跋云：「右《九經白文》，乃宋麻沙本之佳者，蓋明錫山秦氏刊本之所祖也。楮墨古雅，經盧抱經、鮑緑飲、黄蕘圃諸公所賞鑒。其經文字句較時本間多不同，如《曾子問》『殷人既葬而致事』下，有『周人卒哭而致事』句，殆宋人因皇氏之説而增之，與日本《七經孟子考文》所引古本相符。其餘字句，不及備載。又左氏《春秋》前不列惠公元妃傳文一段，蓋古經與傳本不相聯屬，後人取便，合傳以附經。此本首闕傳文，豈先儒不敢以傳先經之意與？至傳文末又有『《春秋左傳》一百九十八卷』一行，殊不可解，姑誌於此，以俟博古者詳焉。」

論語注疏

汲古閣刊本。先君子以《七經孟子考文補遺》手校，均細書於行間。又録《論語集解序》於卷首，記云：「此敘從皇侃《論語義疏》本。」

孟子注疏

汲古閣刊本。先君子鈔補《孟子篇敘》于後。跋云：「昔虞山錢曾有《孟子音義》二卷，載於《讀書敏求記》。後附《孟子篇敘》。《篇敘》者，乃趙氏述《孟子》七篇所以相次序之意也。錢曾云：『《篇敘》世罕見之，藏書家宜廣其傳，勿易視之。』予求《篇敘》，久而未獲。偶以新得《孟子外書》四篇攜示鮑君，以文亦出《孟子音義》鈔本見示，蓋即錢氏之本而爲武原友人吾君以方所手録也。《音義》二卷，已刊於《通志堂經解》中。特補鈔《篇敘》於此。」

四書經疑問對

元刻，八卷。每葉二十二行，行二十一字。後有建安同文堂刊書跋云：「右《四書疑》八卷，其中多所發明，相傳以爲進士董彜宗文所編。第恐石氏所録程子之説未免有殊，已專書達本人，冀有以補其未備，訂其訛舛，而求真是之歸。幸甚。至正辛卯仲夏建安同文堂謹咨。」先君云：「按宗文樂平人，至正間領鄉薦，授慶元學正。洪武初，爲國子學録。《經義存亡考》以此書爲成化進士常熟董彝撰，蓋以姓氏偶同而誤耳。周松靄大令云，觀此猶可想見有元一代取士之規模也。又《經義考》於元之董彝別著《經疑問對》十卷，蓋以未見此書而誤。」別有跋一篇，刻《愚谷文存續編》中[注]。

【注】《愚谷文存續編》卷二《四書經疑問對跋》：

《四書經疑問對》八卷，元董彝編。原跋云：「右《四書疑》八卷，其□□所發明，相傳以爲進士董彝宗文所編，第恐石氏所稱程子之説未免有殊，已專書達本人，冀有以補其未備，訂其譌舛，以求真是之歸。幸甚。至正辛卯仲夏，建安同文堂謹啟。」騫按：此書乃元至正時坊刻本，而朱氏《經義考》二百四十七「經解類」載董彝《經疑問對》十卷，引黄虞稷曰元董彝編云云，又二百五十六「四書類」載董彝《四書經疑問對》八卷，引繆泳曰：彝常熟人，成化壬戌進士。二書竹垞皆著未見，殆未經目覩元刻之誤歟？考《千頃堂書目》「經解類」載元董彝《四書經疑問對》八卷，又《經疑》十卷，注：「彝字宗文，樂平人。元至正領鄉薦，入明爲國子學録。」又云：「一本合爲一書。」然書目於明之董彝卻無著録。竊疑《四書經疑問對》、《四書疑》實止一書，今考元刻，於卷首第一行有題「四書經疑問對」者，又有曰「四書經疑」者，曰「四書疑」者，曰「四書擬題經疑問對」者，此皆坊間人刻書參錯不檢之過，而黄、朱二家均不免譌以傳譌耳。

六經雅言圖辨

舊鈔本，八卷。先君子有跋二篇，見《愚谷文存》中[注]。

〔注〕《愚谷文存》卷四：

六經雅言圖辨跋

予得舊抄《六經雅言圖辨》八卷，有目無序。第一卷六經，二卷《詩》，三卷《書》，四卷、五卷《易》，六卷《禮樂》、《禮記》，七卷《周禮》，八卷《春秋》。題曰「莆陽二鄭先生六經雅言圖辨，甲科府教許一鶚家藏，甲科府教方澄孫校正。」考之諸家籍録多不載，惟焦氏《經籍志》及黄氏《千頃堂目》僅有《莆陽二鄭六經圖辨》，並未著二鄭名氏，而卷數亦各不符。焦氏作四卷，黄氏作十卷，注云，一作四卷。予細玩之，則與通志堂所刊《六經奥論》名異而書略同，但諸圖與卷次多寡、行款先後微別耳。

按《六經奥論》六卷，明成化中盱江危邦輔所藏，黎温序而行之，云是鄭漁仲所著。唐荆川輯《稗編》從之。國朝秀水竹垞朱氏以爲觀其議論，與《通志略》不合，疑非漁仲之書。今此書題「莆陽二鄭」者，或疑謂漁仲與其從兄景韋。然予觀《天文總辨》中論「鬼料竅」，有曰「夾漈鄭先生得而讀之」云云，則不但非漁仲所著，亦并不出於湘鄉之手。且書中間有引朱文公之説，漁仲没於紹興之末，而朱子得謚在嘉定之初，相距四五十年，其非漁仲又不待辨矣。通志堂刊本前有凡例，言舊本論辨錯雜，多爲之更正。今核抄本各卷中正如舊次，知此蓋猶未經明人改併變亂，尤爲可珍。

又按：此書本以《雅言》命名，故次第先《詩》、《書》、《禮》、《樂》而後《易》、《春秋》，試觀《六經總論》中，可見刊書者全不體察，輒將先後位置任意移易，微是書，幾失其本來面目，不亦可歎也哉！予於是并疑《六經奥論》之名亦後人杜撰，非作者本意。夫《詩》、《書》、執《禮》，皆夫子所雅言。孔氏曰，雅言者，正言也。作者蓋欲闡明正道，以申經義，未嘗故爲艱深詭僻之論，炫惑人耳目，復何取乎奥之云邪？吾故曰，非作者之本意也。惟是二鄭之名卒不可考，姑俟博學者詳之。

六經雅言圖辨第二跋

予前論《六經雅言圖辨》爲明人改易變亂，謂之《六經奥論》，而諸家簿録罕有糾正之者。按虞道園《歸田稿》序鄭氏《毛詩》云：「求之鄭氏子孫，夾漈之手筆猶有五十餘種。故御史中丞馬公伯庸延祐中於泉南觀得十數種，泰定中齊履謙治閩，亦取十餘種去。皆未及刻。」然則此書或亦在所謂五十餘種未刻稿中未可知也。大約皆二鄭門弟子輩各據其師説掇拾而綴成之，故書中頗有參差而白相矛盾者。如《三墳書》、《通志》以謂可信，《雅言圖辨》斥其辭詭譎怪，皆不足信。《雅言圖辨》「詩經類」辨亡詩六篇乃笙詩，有音而無辭。至「書經類」《書疑》又謂《南陔》以下詩亡其六，此詩之闕文也。《武成辨》謂《武成》一篇乃史官雜識其征伐及其歸周所行之政事，無害作史之體，先儒謂錯簡，非也。而《書疑》復云《武成》先後失次，乃錯文也。凡斯之類，皆不似一人手畢。此又《經義考》所未及者，故復摘其大略如此。

邵氏經學二書

明邵弁著《詩序解頤》、《春秋通議略》，舊鈔合爲一本。先君子有跋，見《愚谷文存》中[注]。「議」《經義考》作「義」。先君子云：「考宋家安國有《春秋通義》，朱氏或偶誤記耳。邵氏書明諸家著録俱作『議』。」

[注]《愚谷文存》卷四《明婁江邵氏經學二書跋》：《詩序解頤》一卷《春秋通議略》一卷，皆明邵氏弁著。弁字偉元，太倉州人。歲貢生。《詩序解頤》見於黄氏《千

頃堂書目》，而秀水《經義考》不載。予細觀之，其書多直取考亭《詩序辨説》之文，自下己意間有之。竹垞不著於録，豈有見而然與？《春秋通議略》，《經義考》作《通義略》二卷，并録其自序云：「幽居文籍罕接，坐卧以經籍自隨，日有記札，輒疏爲《或問》一卷、《凡例》一卷、《微旨辨疑》八卷，總名之曰《春秋通議略》。」騫按「《微旨辨疑》八卷」六字竹垞蓋亦承黄氏《書目》之譌説，若如所列，則當云十卷，而非二卷矣。此舊鈔本序中無此句，故知二家皆不免訛以傳訛也。

四書外傳

舊鈔本《大學外傳》、《論語外傳》，明易曦侯氏著。先君子得於粥瓷者擔頭。有跋，見《愚谷文存》中[注]。

[注] 《愚谷文存》卷四《明黄岡易氏大學論語外傳跋》：

《四書内外傳》，明黄岡易曦侯氏所著，見於《千頃堂書目》及《經義存亡考》者俱不著卷數，而竹垞則云未見。客冬得殘本於粥瓷者擔頭，惜止《大學外傳》、《論語外傳》，而《論語》中又缺《陽貨》、《微子》二卷。詢厥由來，蓋故家用以易茗碗，而《中庸》、《孟子》竟莫可踪迹，并不知《内傳》何如，不禁爲之扼攬。易氏所著尚有《易傳》、《三楚文獻録》云未行於世。嗟乎！曦侯一書生耳，矻矻窮經，著作滿家，一旦遭罹世難，慷慨蹈義，父死於忠，子死於孝，豈非吾夫子所稱志士仁人者耶？其書之在天壤間，固當與姚江黄氏之《四書箴》、上虞倪氏之《兒易内外儀》、嘉定黄氏之《四書大旨》、漳浦黄氏之《易象正》等並垂不朽，何以流傳絶少。幸而斯編僅存，又決裂於庸夫愚婦之手，不亦重可歎哉！爰爲裝整而藏諸拜經樓，異日訪得全本，當亟鈔補，以成完璧。曦侯之死，《明史》以爲崇禎癸未，《三楚文獻録》以爲乙亥，陸元輔以爲壬午，三説各不同，究未審孰是。

七經孟子考文補遺

鈔本，十三册。先君子跋云：「《七經孟子考文補遺》三十有二卷，爲日本西條侯掌書記山井鼎所輯。往武林汪君鵬既獲彼國《古文孝經》及皇侃《論語義疏》以歸，余友鮑君廷博次第刻入《叢書》。復得此本，惜卷帙稍繁，未有踵鮑君而梓之者。予從鮑君借觀，就其所考經、注而鈔之，疏則未暇也。故命曰《七經孟子考文補遺録》。夫經籍去聖日遠，闕文訛字，謬本實繁。賴古書流傳海外，使學者猶得藉以考證其謬誤而補訂其闕失，豈不誠斯文一大幸哉！序稱享保十一年丙午，爲國朝康熙五年。凡例中又有永和紀號，則不可考矣。鼎字君彝，其署名上冠以山井，而物茂卿序又稱爲神生，殆神其姓，而山井乃氏，如東里南郭之比與？乾隆五十三年戊申日長至書於拜經樓。」

大學辨

《大學辨》一篇，陳乾初先生著。此本爲先師巢飲夫子手寫，後跋云：「《大學辨》，乾初先生本蕺山緒論，斷以己意，著之于篇。實足以解宋儒之惑，羽翼先聖之道，以曉示來學，厥功甚偉。竹垞《經義考》

所載第撮舉其大旨，寥寥數言而已。其全書終未得見。聞其嗣孫東宇珍秘是書，不肯出以示人。愚谷主人因屬陳子河莊婉轉懇請，始許借録，且訂以越一昔繳還。河莊賫書至，亟命諸弟子分鈔畢，踐約歸之。噫嘻！先世遺文，寶守若此，可不謂賢乎哉！雖然，知秘藏之爲守，而未知廣傳於世之爲善其守也。矧是書之存不絶若髮，今得留心鄉邦文獻若愚谷者以表章之，則是書始不没於天壤間矣。爰書以志幸。庚子二月廿六日，巢飲朱型謹識。」又云：「是書分鈔後，余命吳生又録一通，以備隨時展閲。寒食前二夕又記。」又跋云：「讀《大學辨》後，因憶曩時閲封叟先生《始讀軒遺集》有闕疑一則，及近閲家拙齋集中有與先生令嗣敬之書，附録於後，以備折衷，非敢藉以折先生之角也。先生云，程、朱表章《大學》，後人駁之，非畔程、朱。然則此二條者，雖又駁先生之説，豈爲畔先生哉！巢飲又識。」

十三經名文鈔

鈔本，五十四卷。先君子從沈層雲先生借録，並手書凡例、目録一册。跋其後云：「古來説經之書，浩如煙海，苟不究其統緒，一其指歸，雖矻矻窮年，皓首而莫知所津逮。是何異於適燕而南其轅，溯越而北其轍，不幾愈騖而愈遠乎？先輩沈昭子先生生平雅以崇道統、闡正學爲己任，所輯《十三經名文鈔》一書，尤爲學者所推許。未經壽梓，以故流傳絶少。余每從《耿巖文集》中讀《文鈔》諸引，未嘗不嘆其去取之謹嚴，而議論之醇正，恨其書不得一見。辛丑冬日，有書舟泊孫家埯，予與陳君仲魚偶過之，舟中適有

《文鈔目録》一帙，時日已曛黑，未及購，深以爲悔。昨歲沈吕璜孝廉歸自日下，予亟慂其於家集中傳録一目，孝廉許諾。而是書夙爲其弟婦所掌，知予負書癖，輒啟篋笥以畀。孝廉殊欣然，炳燭細書，幾至達旦，亦可作一段佳話也。稿既見授，并許異日以全書借鈔。孝廉名開勳，昭子先生從元孫也。乾隆癸卯上元前二日，書於荆南山館。」「昔陳謝浮嘗請爲剞劂之任，而先生未之許。其後意欲屬其門人溧陽史胄司學士，卒亦不果，甚矣好事者之難也。是歲夏四月，又記。」「未幾吕璜竟以全書借予，遂録一部，藏於家塾。乃同邑張明經爲儒評點本，丹黄甲乙，議論極精當，實耿巖身後一知己也。嘉慶丁卯佛誕日，又記。時吕璜之没已幾十載矣，不禁憮然。」

孟子趙注

趙氏《章指》十四卷，周耕厓先生從宋本校録。末附《音義》二卷，有戴震、孔繼涵二跋。先君子書後云：「盧學士《抱經堂集》中亦有跋，可案。」

樂記逸篇

國朝秀水陳氏熷補亡，凡十三篇。丁小疋學博校訂，並書所引各書于逐條上。小疋題前云：「庚子秋，梅軒出都赴豫章文幕，此本留余所。聞梅軒得心疾反里門，余歸南數載，不及見之。去歲攜此至新安，今春略爲校正。元本徵引經籍不盡出書名，余所不知者尚四五條。擬緘寄吴君兔床，付之梓人，以廣其傳焉。丙午二月廿一日，記於巖寺鎮之鷗光草閣。」又云：「天下無無書不讀之人，然梅軒所引者非僻書也，予之學荒記疎，亦良可愧矣。四月廿日，杰又記。」又云：「凡徵引古書者必標書名，并詳卷數，傳寫有誤，易於查改。其原書已亡而散見載籍者，則云見某書某篇。此編纂法也。凡一事而各書所載互異者，寧作夾註記其異同，勿便删併湊合。」耕厓先生亦曾借閲。先君子書後曰：「勤補云《樂記補亡》用意甚善，但必云某書是某逸篇，則不可。或類集其近似者，而云此可補奏樂，此可補樂器，以存其仿佛，庶乎可也。幸與小疋商之，所見亦是。惜效曾病廢，無從以斯言告之耳。已酉穀雨日，吴某記。」

周易經義

《周易經義》三卷，前題「進士臨川涂溍生易庵擬」。先君子從枚庵先生借鈔。枚庵跋云：「按朱竹垞《經義考》載涂溍生《易主意》一卷，已佚，而無此書。又引楊士奇之言，謂《易主意》專爲科舉設。近年獨廬陵謝子才有之，以教學者。於是吾郡學《易》者皆資於此。不知即此書耶，抑别有其書也。溍生字自昭，宜黄人。《江西通志》稱其邃于《易》，三上春官不第，爲贑州濂溪書院山長。著有《四書斷疑》、《易義矜式》行世。乙亥十月望日，得此于鬻古書者。嘗質諸朱文游丈，亦未之見也。吴翌鳳伊仲記。」先君子跋云：「右《易義》三卷，往從宗人伊仲借鈔。諦觀所釋經旨，大抵不離於所謂科舉之學者近是。然儲藏家都無其書，是亦可寶者。惟書中間有闕文，無從補録，爲可惜爾。伊仲本休寧商山人，僑居吴郡，補博士弟子員。博學工詩，家貧而好書，與朱文游爲莫逆交，手鈔秘册極多。予至金閶，必爲留連日夕，得佳本輒互相傳録。後應姜度香中丞之辟，挈家入楚，郵筒不接者幾十載，聞其書亦皆散失矣。嘉慶丙辰冬日識。」

鄭志

《鄭志》三卷，武英殿刻本。盧學士從孔氏本、惠氏本、山西本互校，多所增補。學士記卷上後云：「乾隆四十五年九月七日，盧文弨閲於京師李倩邸舍。」先君子借録於此，並手書「言至於澧」至「稍縣都鄙」十二條及《禘祫義》三條于末，書云：「甲辰春二月二十又二日，吴某從檠齋學士案頭借臨，丁君小疋同觀。」簡莊徵君亦嘗借校，題後云：「乾隆四十九年閏三月，陳鱣借閲於武原客館，並從雅雨堂刻《鄭司農集》中《魯禮禘祫義》參校一過。」

北海經學七録

右八篇，孔葒谷農部所録，古雋樓刻本。抱經學士贈先君子，即從學士校本借臨於此。題後云：「甲辰春仲，訪盧檠齋學士於杭之抱經堂。學士時自晉陽歸，以是録見遺，蓋曲阜孔葒谷農部新刻本也。并借得學士手校本臨之。是日適葒谷訃到，爲之憮然。吴某記。」又書云：「按此爲古雋樓主人名繼涑者所刊，非葒谷也，跋當改正。」簡莊徵君書云：「是歲閏三月，鱣又從槎客先生借得，校録於武原倪氏六十四硯齋，並臨跋語于後。其本則丁小疋廣文所贈者也。新坡陳鱣識。」

廣韻

右五卷，潁川陳氏刻本。錢緑窗處士所收藏手校者，先君子購得，記前云：「路仲里人錢馥校，吴某藏書。」後云：「某按潘稼堂《宋本廣韻序》云，先師顧亭林深明音學，憫學者泥今而昧古，實始表章此書，刻之淮上。然其所見乃明内府刊本已經刪削者，久而覺其書之不完，作後序以志遺憾。蓋即謂此本。今此本不見亭林後序，殆失之矣。予友錢廣伯處士究心韻學，没後，其家粥書，予購得此本，宛然故人之手澤存焉，可勝悽絶。」

大廣益會玉篇

右三十卷，元刻本。每葉二十四行，行二十一字。前有「朱氏與耕書堂」長墨印，又有「永樂丙申至嘉靖改元一百七年重裝」墨筆一條及錫山施金、貢先諸圖記。《五音聲論》内東方喉聲下注「可我剛謌訶可康各」，先君子依松靄先生《小學餘論》改「何硬互鄂行聿亨額」。中央牙聲下注「更硬牙格行幸亨客」改「更我剛格謌可康客」八字。

佩觿

《佩觿》三卷，張氏澤存堂重刻本。先君子從小疋學博借校本，命兄壽照録出，並録文淵閣校理翁覃溪先生後序及小疋學博跋。學博跋云：「丁酉秋，羅臺山孝廉入都，爲其鄉楊□□明府校官書，分得《佩觿》，是正譌謬可數千百條。余索觀之，不可得。及知書留翁覃溪學士齋頭數日，學士摘鈔十之一二，未暇全録也。庚子，桂未谷廣文借學士摘鈔本校勘《説文》，余從未谷處借歸，復乞得程魚門編修藏本，倩居停金檢亭上舍及門人莊生雋甲臨之，并學士後序亦附録焉。今年正月，未谷從曲阜致書學士，求此書，學士以手鈔本畀余，以余重臨本寄未谷。因破半日之功，悉心校對，并識顛末。臺山精於小學而踈於地學，中間所舉盦山、滎澤數條，多與鄙見不合，安得起臺山地下而商榷之。壬寅三月朔日，丁杰記。」又云：「去年春，五柳居書肆得張刻緜紙初印本，苦争以爲宋板，并指卷上第一葉第八行『渴』字注『其列翻』『其』字未損爲證。余同金檢亭逐葉互勘，惟第一、第二、卷上第二十三、第二十四、卷中第三十四、第四十二、卷下六葉確有不同，餘葉字形肥瘠、邊闌粗細皆相吻合，即剥蝕處亦無絲毫之異，安得指爲二本？其六葉不同，當是張氏原板有漫漶，重刻以補之。翁、程兩公藏本皆經補刻者也。杰又記。」又云：「以有前跋不敢易，此句上空十九字。滎澤以錢辛楣宮詹《金石文跋尾》爲的。羅君校此書，有極精者，有過拘者，字母之類。有未允者。地理之條。久欲作一跋，恐忌余者以爲詆諆死友也。後人見之，信爲羅君定論而附刻郭書之内，則非所以愛羅君矣。區區苦心，地下故人諒之而已。同日跋翁學士本。」先君子識後云：「甲辰春二月，小疋廣文在武林葵巷寓，以是書借余，爰令兒壽照校録一過。昔之入小學者，先教以六書。今雖學士大夫多忽不之省，宜此書之日譌也。小子可不勉哉！」

增修復古編

《增修復古編》二卷，汲古閣鈔本。有「雲鶴」、「錫山龍亭華氏珍藏」、「世濟美堂」、「項氏圖籍」、「汲古閣」諸圖記。原本無陳瓘、張美和二序，先君子從刊本補鈔，識其後云：「吴均《增補復古編》二卷，予得汲古閣舊鈔本，卷首無序。兹從安邑葛氏新刊《復古編》補録此序，不知世尚有全篇否。乾隆丙午秋仲志。」此本經錢緑窗處士校，粘簽于上，並書張序後云：「張美和，名九韶，臨江人。」

字鑑

《字鑑》二册，錢緑窗處士校本，先君子購藏，識後云：「此亡友錢廣伯處士遺書也。廣伯生平尤精究小學，所校正《字鑑》及郭氏《汗簡》，予昔嘗從之借校。今廣伯既没，遺書盡散。予偶見苕賈攜示數種，皆手澤宛然，亟以善值購而藏之。每一披對，不禁泫然。要奉峨各賦詩以悼焉，並識於此。嘉慶癸亥三月，吴某。時年七十有一。」

又一本張刻，先君子手録錢處士校語於上，並書簡端云：「李氏《字鑑》深有功於小學，惜刊本率多譌舛。余友錢君廣伯精究六書，尤明《説文》之學。間爲之考覈偏旁，校正亥豕，并以匡李之失。如『鄰』字下當補『鄰穀气也別』五字。潸、散、楸、林等字當詳汇其字義。冂不音冪，當與内之冂同，乃門也。引《詩》曰『灑掃廷内』、《説文》有『颸』而無『颸』諸説。使作者復生，亦當心折。此小學庵中第一善本，爰照録於此本，并識其大凡云。兔床吴某。」

从古正文

右六卷，舊刻本，無序目。先君子書云：「按《千頃堂書目》《从古正文》六卷，黄諫輯。天順己卯序。今此本失其序，然亦舊印，較明隆、萬間書夐然不同矣。乙卯人日識。」《讀書敏求記》：「《从古正文》一卷，篆文正楷，點畫不容少差。此書存其遺迹，且依韵易檢。焦弱侯藏茹真生手録本，徐元懋《印史》極稱之。」先君子書此條上云：「拜經樓藏舊刻本《从古正文》六卷，與《千頃堂書目》所載卷數同。此云一卷，疑誤。茹真生，李士龍先生之號也。」

歗堂集古録

此書爲先君子手校，歸安丁小疋先生假觀，久之以是本寄還，非原書也。跋語及校勘處並方密庵先生傳録，又有干待制跋。先君子書云：「《歗堂集古録》世傳刊本首敘即闕文二百四十餘言，而筆畫之訛舛尤不勝計。昨歲陳君仲魚得舊本，迺新安陳書崖昂所鈔藏者，首序既全，而字畫精好，與刊本有毫釐千里之殊。卷末又有元統改元吴郡干待制文傳跋，亦刊本所無者。因亟借歸補録於此本，復從歐陽公《集古録》、吕氏《考古》、《宣和博古》二圖、薛氏《鐘鼎款識》等書參伍校訂，其顯然謬誤者即爲改正，稍有異同，各注於其上，疑則闕之。蓋恐所據各有不同，未敢臆斷也。聞大興翁學士方綱有影宋鈔本，未審何如，俟更訪之。己亥秋日，吴某記。」密庵先生跋云：「丁君升衢得葵里吴君本，予因影鈔如右。每歎書之傳流日久，遂有闕失。惟好古者勤勤葺之，如飢渴之於飲食，斯可矣。乙巳十一月望前二日，方輔記。」

先君子又跋云：「予昔從仲魚借舊鈔本校補《歗堂集古録》，藏於家，歸安丁升衢進士見而甚喜，復從予借校。他日，先以干跋貽予，蓋歙方君手筆也，并録予舊跋，而方君自跋其後，予受而藏焉，然原本卒未見歸也。踰年詢諸丁君，乃從盧弓父學士求此本以還。予開卷視之，所補序跋及校字皆依予筆，而書則非予原本，且又不載予之跋，是以學士且誤疑爲汪稚川所校補，予告之始恍然。蓋升衢交道最廣，嗜古尤癖。予之原本則展轉傳録，竟不知今落誰氏之手矣。所異者，昔年先以兩跋見歸，而今所還本後恰無跋，事若有前定者然。因并前跋附釘書後，而識其顛末如此。它日以示丁君，當爲一解頤也。時乾隆戊申浴佛後一日，吴某再記。」内有汪君圖記云「朝出耕夜歸讀古人書」。丁學博記云：「此書余得之京師文粹堂書肆，而有汪稚川印。稚川歙人，熟於三《禮》、《説文》，蓋此書爲汪氏物也。李、干二序爲閔南窗道隆之子手臨，其吳跋則南窗親筆也。南窗亡已一年，以八分擅名於歙，與方密庵行楷相匹。」盧弓父學士與先子書云：「《歗堂集古録》二本已揀出，今奉繳。内丁小兄語不明，内卻有汪稚川印章，弟以上所校改皆汪筆也，今始知是大筆耳。」

隸釋

隸續

明時仿宋刻本，桐鄉汪氏藏書，有「展硯齋圖書印」、「休寧汪季青家藏書籍」二印記，極精美。

《隸續》十九卷，竹垞先生舊藏。有從子甫田隸書先生跋於卷首，先君子手校。

鐘鼎款識

宋復齋王氏所集，儀徵阮公積古齋摹刻。此册爲錢唐何夢華上舍借閲，有題識及圖記。内《周叔姬鼎》首一字舊疑作「唯」，上舍審定作「孟」。

何夢華記云：「元錫審玩首一字當是『孟』字，似較『唯』字差近。『萬』字下應有『年』字，爲青緑所蝕，故拓本釋文皆未及。並記後云。嘉慶庚午□□十三日，胡近、何元錫同觀於護經堂之蝀景園。增釋一字於前《周叔姬鼎》文下。」又書《漢元嘉刀銘》後云：「『宜侯王』，『侯』字反文，予得漢磚文亦類是。此磚已歸阮氏琅嬛館中，漫識於此。」又《晉尺》云：「予嘗欲作歷朝尺考，曾屬四弟手録一書，不知置處。它日尋得，合之搨本，詳論短長，以驗周尺、漢尺之舊。惜袁二壽階客歲化去，無人共質，爲之悵然。」

漢隸分韻

宋本《漢隸分韻》七卷，紙墨古雅。「敦」字缺筆，餘不避。有「吾研齋」、「吴郡趙頤光家經籍」圖記。先君子跋云：「右《隸韻》七卷，蓋宋刻而元時翻雕者。頃周松靄大令以見遺，楮墨既精，古香可愛。閲其圖記，知爲明趙寒山故物，書側題識尚其手筆，想見陸卿子翠袖摩抄時，覺鹿門之高風去人未遠。松靄嘗有跋，刻《小學餘論》。予别作古風一章，見《拜經續稿》[注]。嘉慶戊辰中夏識。」

[注] 《拜經樓詩集續編》卷三《松靄大令遺我元槧隸韻楮墨精好審其印記知爲明趙寒山舊物率題古風一首》：

陳倉石鼓野火焚，倉頡鳥迹隨浮雲。雲陽獄具檻車急，大鳥落翮生八分。賈魴滂喜昭帝漢，陳留中郎藝絶擅。麟鳳龜龍十體備，交戟横戈星日燦。蛟鼉斫盡蟲魚愁，荒陵野廟啼鵂鶹。鴻都石經變點畫，胡公棺冷淒葵邱。西嶽廟銘辯香察，東京樂石埋狐貉。斷圭零璧歐趙括，什存一二遺七八。婁氏雅欲討厥源，鄱陽續釋滋紛繁。惟兹輯看統以韻，若珠貫琲鐘縣編。以考漢隸誠精華，卷首有《漢隸精華》一卷。揀金得寶披泥沙。假借偏旁苟未會，千里詎免毫釐差。先生捐愛我拜德，審是有元規宋刻。隃麋點漆蔡倫滑，不見古人鑑古色。寒山高士親題止，想其摩挱陸卿子。縹緗從此謹護藏，絮語珠樓侍香史。

又

元刻《漢隸分韻》三册，亦松靄先生所贈，紙色稍不及宋本，而墨氣頗佳，字畫較肥。「敦」字亦缺筆。前有「國子監印」官印，惜缺首卷及末後二葉。先君子書云：「歲乙巳冬日，周松靄大令偶得此不全《漢隸分韻》，特以見遺。余舊有寫本，甚精，似從此本傳録。雖不及松靄所藏宋槧本之佳，然視近來萬氏刻本則有上下床之分矣。」

又

右七卷，寫本。字畫瘦勁，頗具筆法。先君子嘗以元刻及萬氏刻本互勘，卷五後記云：「庚子上元日，雨窗校。」

字通

《字通》一卷，宋李從周撰。以點畫偏旁粹類爲目，而質以古文。前有嘉定十三年魏了翁序及從周自序，後有寳祐甲寅虞㹨跋。此爲當塗黄氏戊從《四庫》館毛氏影宋本録出，有其手跋。每葉十行，每行大字十八、小字夾行二十。先君子書張世南《游宦紀聞》一條於别紙。《記聞》謂李名肩吾，先君子云：「按名肩吾當作名從周，字肩吾。彭山人。從周著《字通》一卷，見《書録解題》。又書黄跋謂所引《説文》有與今本小異者，如『茲，从艸，茲省聲』。今《説文》乃作『絲省聲』，未必不有功於小學也。按今《説文解字》作『艸絲省聲』，此云『从艸，茲省聲』，與《五音韻譜》同，豈《字通》所云《説文》乃《韻譜》耶？然『艸絲省聲』之説似當，若『艸茲省聲』，夫已作茲矣，尚何省之有？書此以俟明於小學者證之。」

白虎通

《白虎通》北宋槧本，分上、下二卷，篇目内作圓圍者十。每葉二十四行，行二十三字。紙墨精雅，古香馣馧。抱經學士刊此書時，先君子曾以此本借校。學士跋云：「書所以貴舊本者，非謂其概無一譌也。近世本有經校讐者，頗賢於舊本，然專輒妄改者亦復不少。即如《九經》小字本，吾見南宋本已不如北宋本，明之錫山秦氏本又不如南宋本，今之翻秦本者更不及焉。以斯知舊本之爲可貴也。余頃校《白虎通》，付梓垂竣，而吴子槎客示余以此本，實北宋時坊間所行未校本也。目録前小序數行，其云『白虎建德論』者，開卷即已錯譌。然余取其書字字比對，始知此本尚多古字，而近世本率多改易。至《情性篇》中有與近本迥異而實勝者。即一二誤書，尚可循形與聲而得其本字，若近世本則不加思索而徑改矣。又此本雖分上、下兩卷，然篇目上作圓圍者十，仍不失十卷之舊。近世本最後三篇，此本在《爵》、《號》、《謚》之次，實第二卷也。三篇之序亦復不同。後得元大德年本，與明傅氏、程氏、吳氏、何氏本不甚異，要皆不及此本，洵乎舊本之爲可貴也。吳門朱文游亦有此本，上卷係影鈔，亦更無他人之序，然則非脱去可知已。余取此書之善者具著于《校勘補遺》中，而仍以其本歸吳子，吳子其寶之哉！乾隆甲辰長至月，杭東里盧文弨書。」

方言

《方言》十三卷，抱經堂刻本，先君子校。細書密札，頗多補正。

逸周書

明章檗刻本。先君子手録吳中顧澗薲茂才所校於上，復取明鍾氏、國朝汪氏二本重勘，記首簡云：「長洲顧廣圻校用硃筆，海寧吳某校用墨筆。」書後云：「仲魚孝廉以《逸周書》見眎，乃吳中顧千里茂才手校本，較世行本多所是正。予復取明鍾人傑校本及國朝汪士漢刻入《秘書》本重加參校，亦尚有裨益處。惜抱經學士新刊本案頭適乏，更俟異日取而重勘之。嘉慶丙寅清明日，吳某識。」

澗薲茂才跋云：「《周書》刻本類脱《王會解》中『卜人』至『鍾牛』廿行，元至正甲午本之一葉也。此尚是全璧，其餘佳處亦每與元本合，洵足稱善。然如撰序人黄玠，元本行書故爲『玠』，而此乃楷寫作『玢』，遂致後來盡沿斯誤。書以本愈舊爲愈佳，豈不信乎！乾隆甲寅九月，借讀於黄君蕘圃，附記此而歸之，澗薲顧廣圻書。」

簡莊徵君跋云：「宋嘉定十五年東徐丁黼所刻《周書》已不可得見，元至正十四年海岱劉貞重刊，有四明黄玠序。按劉貞曾梓《大戴禮》，有鄭元祐序云：『海岱劉貞庭幹父以中朝貴官出爲嘉興路總管』，此黄玠序又稱郡太守劉公，是貞嘗爲四明太守矣。又考弘治《湖州府志》云：『黄玠字伯成，慈谿人。宋黄震之曾孫。清苦力學，無所不通。周遊西湖，樂吴興山水，因卜居弁山』云云。是本爲明四明章檗校刻，序中『黄玠』誤作『黄玢』，然猶未脱《王會解》中一葉，斯可貴也。嘉慶十年冬十月除夕，陳鱣記。」

又得一本，爲抱經堂所鈔，乃盧學士刊此書時手校，蠅頭細楷，精整異常。學士記首卷後云：「己亥六月十八日，弓父校。周生辰所見亦殊有可採。」次卷後云：「七月二日校，寫此之周生今日辭歸江寧。」四卷後云：「七月四日校，將仍往湖上。」五卷後云：「三月四日，慶春門外接駕回閲。」六卷後云：「庚子三月十三日子刻，冒雨出武林門至謝村候送聖駕歸來閲。」七卷後云：「三月十六日閲。種花數種，所苦無隙地耳。」八卷後云：「三月十八日閲。」九卷後云：「三月十八日閲。」十卷後云：「乾隆庚子三月十四日校。鮑以兄貽予《叢書》五集。」學士身後遺書多散佚，簡莊徵君爲先君子購得此本。書後云：「去歲除夕，吴中度歲，住縣橋巷黄蕘翁家，作祭書之會，因得明嘉靖廿二年四明章檗刻本《逸周書》，係顧君千里依元刻手校本。余既跋而藏之。新歲，攜示同里吴槎翁，嘖嘖稱善，遂取其舊藏章刻本録顧校文於上，且以明鍾人傑校本及汪士漢刻入《秘書》本重加參閲。跋云：『惜抱經學士刻本案頭適乏，異日當取而重勘之。』余曾以槎翁所校補入章本，比復至吴，忽從水關書肆獲一鈔本，乃抱經學士未刻此書時繕寫手校底本，上作細楷書，朱墨雜陳，極其精致，不勝狂喜。學士校此書時在乾隆庚子春日，越七年丙午始付諸梓，故校語與定本多有增損，所謂積數年校勘之功，蓋其慎也。猶憶庚子三月，鱣偕槎翁造訪，學士欣然出見，曰：『頃自慶春門外歸，今日家屬亦往縱觀。』前輩風流可挹。惜其遺書多不能保，新橋第宅半屬它人，《逸周書》之版已鬻諸坊間矣。展閲手筆，又不勝浩歎。時嘉慶十一年丙寅三月，陳鱣記。」

拜經樓藏書題跋記卷二

史記

《史記索隱》帝紀十二，年表十，書八，世家三十，列傳七十。每篇首題第幾，不稱卷。俱小名在上，大名在下。每葉二十八行，行二十五字。蒙古中統二年刊。錢辛楣宫詹《養新録》云：「予所見《史記》宋槧本，吴門顧抱沖所藏澄江耿秉刊於廣德郡齋者，紙墨最精善，此淳熙辛丑官本也。黄蕘圃所藏三山蔡夢弼刊本，亦在淳熙間。海寧吴槎客所藏元中統刊本，計其時在南宋之季。此三本皆有《索隱》而無《正義》。明嘉靖四年莆田柯維熊校本金臺汪諒刻。始合《索隱》、《正義》爲一書，前有費懋中序，稱陝西翻宋本無《正義》，江西白鹿本有《正義》，是柯本出于白鹿本矣。同時震澤王氏亦有翻宋本，大約與柯本不異。《史記》《索隱》、《正義》皆各自爲書，不與本書比附。宋南渡後，始有合《索隱》於《史記》者，創自蜀本。繼有桐川、三山兩本，皆在淳熙以前，其時《正義》猶單行也。白鹿本未審刻於何年，以意揆之，必在淳熙以後。蓋以《索隱》爲主而《正義》輔之，凡《正義》之文與《索隱》同者，悉從删汰。自是《正義》無單行本，而守節之元文不可考矣。」又《日記鈔》云：「海寧吴槎客以元中統二年刻《史記索隱》本見示，首有校理董浦序，云平陽道僉幕段君子成募工刊行者也。黄蕘圃有南宋蔡夢弼本，亦與中統本同，有《集解》、《索隱》而無

《正義》。」又記蕘圃主事所藏《史記》南宋大字板不全本云：「『相如乃與馳歸成都，家居徒四壁立』，今本無『成都』二字。《子虛賦》『赤玉玫瑰』注『郭璞曰：赤玉，赤瑾也。』今本注無『赤玉』二字。」此本「馳歸成都」與大字板同，《賦》注無「赤玉」二字。按《始皇本紀》「金人十二，重各千石」，柯板取《正義》，不刻《索隱》。北監及馮本此段注在「置廷宫中」下。

先君子記云：「元中統刻《史記索隱》，有中統二年校理董浦序。按元世祖中統二年爲宋理宗景定二年辛酉，然則此書雖署元號年，其實宋刻也。汲古閣專刻《史記索隱》，世稱善本，餘刻皆芟節不全。此本校毛刻注尤備，卷首有『史類』、『正史』、『史記』三朱印，蓋山陰祁氏淡生堂藏書。」

前漢書

宋本《前漢書》列傳十四卷。每葉十六行，行十六字。首行大名在下，小名在上。次行題「漢護軍班固撰」。三行署「唐正議大夫行秘書少監琅琊縣開國子顔師古集注」，並與監本不同，詳先君子跋語中[注]。卷末書「右將監本、杭本、越本及三劉、宋祁諸本參校，其有異同，並附于古注之下」。後記正文、注文字數。筆畫工整，紙墨古雅，洵宋刻之最佳者。

仁和朱朗齋明經跋云：「余館武林汪氏者垂三十年，汪氏有振綺堂，爲藏書之所，與同郡諸藏書家若小山堂趙氏、飛鴻堂汪氏、知不足齋鮑氏、瓶花齋吴氏、壽松堂孫氏、欣託山房汪氏皆相往來，彼此互易，借鈔借校，因得見宋槧元鈔不下數百十種。然其中關係經史之大者無多，惟欣託山房有魏鶴山《儀禮要義》一部，爲經學失傳之本。壽松堂有温公《通鑑》一部，較外間明刻本多增所未備，洵有補於史學。今《儀禮要義》已爲吴興嚴氏所得，僅録副本藏家。而《通鑑》一本屢屬孫氏刊板流傳，以卷帙繁富，窘於資力而止，僅以卷首一序刻入抱經堂盧氏《羣書拾補》中。甚矣，古書留遺，大爲考據家裨益，而傳播之不易若此。此本《前漢書》祇十四卷，中尚有闕翻，然開卷標題即與今本迥異，況其中字句之不同與注釋之詳略乎？兔床吴氏以重價購得，乾隆癸丑新正二十一日，余停舟造訪，獲觀於拜經樓下。流連竟日，不忍釋手，因勸兔床翻刻以惠後學，并以余生平所見者覼縷書之，以志予幸。」

吴趨黄蕘圃主事跋：「海寧吴槎客先生藏書甚富，考核尤精。每過吾郡，必承枉訪，并出一二古書相質。然檥舟匆匆，未及暢談，余亦不獲舉所藏以邀鑒賞也。頃同陳仲魚過訪，茶話片時，歷歷述古書源流，俾得聞所未聞，實爲忻幸。其行囊攜得《漢書》殘宋本數册，字大悦目，在宋槧中信爲佳刻。余所藏景祐本外，卻無别本可對。惟范史亦有此十六行十六字本，與此本當是同出一時。卷第下撰書、注書亦分兩行，蓋款式同也。其中字句之不同與注釋之詳略，余固未及取景祐本相勘，而紙墨精好有過之無不及矣。且余所深服乎槎客者，如此種殘編斷簡，幾何不爲敝屣之棄。而裝潢什襲，直視爲千金之比，可謂愛書如性命。又得同志之人勸其翻雕，以惠後學，始幸天壤之大，不乏好古之士。特恐卷帙繁富，窘於資力，盡與孫氏等耳。槎客當亦以余言爲然。」

東里盧抱經學士跋：「汲古所梓《漢書》當是據北宋本。此疑是南宋本，誤字亦少，汪文盛本殆亦從此本出。今世所通行者，顔注尚有脱落，何論蕭該、子京、三劉，而此獨全，可寶也。然余則謂設使當世有重雕者，其款式自當依此。其文字有斷然知其誤者，不必因有宋人校語而反改不誤者以使之誤，在擇而取之可也。如是，將使後人寶我朝之本轉勝於寶宋本多多矣。余老矣，槎客彊力有餘，當亟圖之，余亦當黽没少佐其成焉。」

〔注〕《愚谷文存》卷四《宋槧漢書殘本跋》：

《漢書》以宋真宗景祐中雕本爲第一，當時惟位登兩府者始得拜賜。厥後仁宗景德重刊本亦佳，故前輩論宋槧本之精者，舉無出《漢書》之右。此一十四册，每册爲一卷，皆《列傳》。中間有闕番，且亡其首尾，刊書歲月莫可稽。然楮墨精好，字兼歐、柳，筆如銀鉤鐵畫，實目所僅覯。至其行款之古，試以明南、北監本校之，開卷便夐然不同。如首行北監本列書名在上，人名在下。宋本則人名在上，書名在下，此所謂大名在下小名在上者也。次行監本題「漢蘭臺令史班固撰」，宋本則曰「漢護軍班固撰」。考范史本傳，固顯宗時召詣校書部，除蘭臺令史，未久遷爲郎，典校秘書，綴集所聞，以爲《漢書》。自永平中受詔，潛精積思二十餘年，迨建初中始成。永元初，大將軍竇憲征匈奴，以固爲中護軍。憲敗，坐免官，遂死獄中。是固作《漢書》不盡在蘭臺令史時，而稱「護軍」，乃以其終於此職也。三行監本署「唐正議大夫行秘書少監琅琊縣開國子顔師古注」，宋本注上有「集」字。按師古《漢書敘例》云：晉灼爲《漢書集注》一十四卷，直永嘉喪亂，不至江左。故師古爲此注亦號「集注」，蓋是祖述灼意。而世本都無「集」字，亦非也。至注中諸家考校、音釋俱極詳備，監本任意芟薙，全失本來面目，微此本又烏從而知之？昔何義門太史嘗得北宋大字監本班《書》，乃王麟洲故物，惜其精而不全。其弟心友畏三又購得徐東海家北宋大字本、南宋乾道丁亥小字本。義門自詫晚年多幸，得見異書。今此本雖無歲月可稽，中多避孝宗、光宗諱，疑即慶元嗣歲建安劉之同校刊之本，更俟博識者詳焉。

吴越春秋

右《漢魏叢書》中《吴越春秋》六卷，先子從元刻補鈔目録十卷并徐天祐序及天祐補注九條，後有大德十年校刊姓氏。題後云：「《吴越春秋》十卷本，元徐天祐音注。刻《漢魏叢書》者削去天祐之名，又併其卷爲六，盡失本來面目。明人刻書，往往如此，可歎也。兹從元刻《吴越春秋》補鈔序目，附釘於前，而大德年中校刊諸人姓名官閥亦附録于後，庶使觀者知舊本之可貴云。乾隆丙午夏，吴某記。」

戰國策

右三十卷，鮑彪注，元吴師道本。刻於至正十五年。每葉二十行，行二十一字。即吴門黄氏新刻剡川姚氏高注本所稱至正乙巳吴氏本者是也。首列劉序，乃自「孔子曰」以上誤冠鮑彪序四百餘字於前，而鮑序「故興亡亦有補於世」句及作序年月誤綴於劉序後。姚氏本不誤。卷二「秦假道於周以伐韓」下别爲一章，姚氏本合前爲一。餘並詳蕘圃先生札記中。

資治通鑑

明陳氏刻本。朱、墨、黄三色評點，最爲精密。先君子題卷首云：「《資治通鑑》爲慈谿裘庶常閲本。庶常名璉，康熙乙未進士，除翰林院庶吉士。深於史學，評點《通鑑》凡五次。」

通鑑紀事本末

宋袁樞《通鑑紀事本末》四十二卷。每葉二十二行，行十九字。前有淳熙元年楊萬里、寶祐五年趙與簒、元延祐六年陳良弼三序。趙序嚴陵舊本字小且訛，乃易爲大書，精加讐校，以私錢重刊之云云。陳序謂節齋患嚴陵本字小且訛，於是精加讐校，易爲大字，刊版而家藏之。凡四千五百面，可謂天下之善本也。頃年士學陋，藝苑蕪，此版束之高閣者四十餘年。又懼其爲勢家所奪也，秘不示人。一日，節齋孫趙明安者過嘉禾，謁學宫，目擊余所爲若不懈者，乃歎曰：「吾有所託矣。」始出所藏書版示余。會御史宋公一齋、僉憲鄧公善之按臨是邦，乃出中統鈔七十五定償之，趙亦不計也。因書得版顛末於節齋敘次，後之官於學者，庶幾知所寶焉云云。蓋是書刻於宋寶祐中，印於元延祐間。此本爲明嘉靖間印行者，中有補刊缺葉，原本缺筆避諱之處悉仍其舊，未改宋刻面目，是可貴也。

宋史全文

此書三十六卷，目録題「續資治通鑑長編」。前冠以乾道四年李燾《進書表》，每卷首則題「宋史全文續資治通鑑」，三十卷後每卷題「增入名儒講義續資治通鑑長編」，三十六卷末又編度宗、少帝事，稱「宋季朝事實」，不著撰人名氏，惟列「豐城游明大昇校正」一行，蓋薈萃諸家紀傳而成者。紙墨精好。每葉二十二行，行二十五字。前有長墨印云：「《宋史通鑑》一書，見刊行者節略太甚，讀者不無遺恨焉。本堂今得善本，乃名公所編者，前宋已盛行於世，今再繡諸梓，與天下士大夫共之。誠爲有用之書，回視它本，大有徑庭，具眼者必蒙賞音。幸鑑。」觀此印，可見元時坊刻之精審，惜缺二十、二十一兩卷。

宋中興通鑑

《宋中興通鑑》十五卷，前有竹垞老人題云：「《宋中興通鑑》一十五卷，通直郎國史院編修官劉時舉編。史嵩之喪父，以右相起復。時舉爲京學生，與王元野、黄道等九十四人，鈔本重「四」字，今校正。太學生黄愷伯、金九萬、孫翼鳳等百四十四人，武學生翁日善等六十七人，宗學生趙子寰等三十四人，上言争之，是亦慷慨之士也。觀者嫌其太略，然以視王宗沐、薛應旂所撰，斯條理過之矣。小長蘆七十九老人朱彝尊題。」此跋見《曝書亭集》。

通志

《通志》二百卷，元刻本。每葉十八行，行二十一字。字大悦目。前有吴繹序云：「是集繡梓於三山郡庠，亦既獻之天府，藏之秘閣，然北方學者猶未之見。余叨守福唐，洪惟文軌會同，斯文豈宜專美一方。乃募僚屬，仍捐己俸，稟之省府，摹褙五十部，散之江北諸郡。至治二祀壬戌夏五郡守可堂吴繹書于三山郡齋。」又有至治元年五月福州路總管吴繹題疏，後刻「至治二年九月印造」，並列諸府路等銜名。紙墨精好。首頁有「談氏延恩樓收藏印」圖記。

綱目贅言

鈔本《綱目贅言》十卷，國朝張如錦撰。前有彭寧求序。

十六國春秋

右十卷，明屠喬孫、項琳之重訂本。先君子條記云：「浦起龍注《史通》云，《十六國春秋》賀燦然序有『《晉紀》流行，鴻書汩没』之語，今此本無賀序。」又書《養新録》一條上云：「按喬孫等《十六國春秋》序自謂輯録陳編，原未嘗作僞欺人，如《於陵子》及《天禄閣外史》之比也。」又書云：「嘗見毛斧季賣書與潘稼堂，目録有《十六國春秋》，云此是崔鴻真本。然則鴻真本猶未作《廣陵散》邪？」

讀史紀要

梅村先生手鈔本。嘉慶乙丑，先君子以示吴門黄蕘圃主事，云的係先生親筆。因出所藏先生手寫《綏寇紀略》共觀，與此筆迹無異，洵可寶也。前有「秀水朱氏潛采堂圖書記」方印。

遼史拾遺

鈔本《遼史拾遺》，四册。吴江楊慧樓進士跋云：「樊榭先生著述等身，而援引精博則推《遼史拾遺》爲冠。四十年前，廣陵馬氏曾擬剞劂而未果，海内鈔藏者，寥寥數家而已。客秋海寧吴丈槎客慨舉知不足齋贈本假鈔，以數年願見不可得之書，一旦得繕録全帙，登諸篋衍，快何如之！庚戌夏六月校畢，因識數語於後以誌幸。至堇浦先生《金史補闕》卷帙更鉅，身後散佚罕存，欲謀璧合而竟無自矣。惜夫！松陵楊復吉識。」先君子跋云：「吴江楊慧樓進士既從予借鈔《遼史拾遺》，又作《遼史拾遺補》凡數百條，惜予卒卒未及傳録。」又云：「鮑緑飲云，此書向爲樊榭姪繡洲所藏，人有借鈔者，繡洲撤出一卷以借之，故外間傳本多不全，惟此爲足本也。」

明史稿列傳

右六十一册。先君子跋云：「萬季野先生所撰《史稿》，方望溪侍郎以爲四百六十卷，諸志未成。全謝山庶常以爲五百卷。今此僅列傳二百六十七卷，雖似未全，蓋華亭開雕時亦尚有删併也。周松靄大令云，此書即查東山之《罪惟録》，故有朱康流、張待軒傳及海寧俞子久事。然予未見《罪惟録》，不敢懸斷，識之以俟知者。」又云：「此書予藏之數十年，姚江邵予桐編修見而極愛之，以爲此《舊唐書》也，在西湖書局中借閲累年，後竟攜以入都，屢索不還。屬武林友人往取之，酬以二十金始得。昔人以借書還書等爲一癡，殆是之謂歟？然予實一片苦心，終不以是爲悔。後人能體此意，亦可云文章紹編槧矣。」

季漢書

《季漢書》六十卷。先君子手録周耕厓先生跋於末並先生手札云：「《季漢書》後明知僭妄，陳君漉坳見之，謂少連亦苦志之儒，攻擊未免太甚，後遂不敢以示人。既思少連信苦志矣，庶子苦心枉被後人醜詆，獨可聽之，亦恐失平。久仰吾兄卓識高才，特以就正，意在奉求斧削。乃即過蒙採録，又恐獎借太過矣。」先君子跋云：「右亡友周勤補孝廉《季漢書跋》，見於《蓬廬文鈔》。勤補自少好學工文，讀書具有卓識。此跋灑灑千餘言，反覆辨論，援據賅洽，真能直揭作者之心事而息千載後聚訟之喙。予故録之於《季漢書》之後，以告讀史之君子。」

江表志、南唐拾遺記、新舊唐書雜論

三種合爲一册。《江表志》三卷，耕厓先生依《閩汀文選》校，頗多補正，並云：「按《閩汀文選》中所刻《江表志》及《南唐近事》，每種作一卷，不分三卷。」《南唐拾遺記》，先師朱巢飲夫子暨先君子校，耕厓、慧樓二先生亦均借閲。《新舊唐書雜論》，慧樓先生校正並跋云：「李西涯《新舊唐書雜論》，《懷麓堂集》所不載。客冬假海寧吴丈槎客藏本讀之，樹義明快，洵堪與范淳甫《唐鑑》並峙。第其中譌脱孔多，而矦君集、許敬宗、晉王治三則舛錯淆雜，幾於不復可句讀。因爲校正録副，用誌賞析。辛亥寒食日覆校畢並記。」

南唐書注

右《南唐書注》十八卷，周在浚著。後附戚光《唐年世總釋》、馬令《南唐書建國譜》、吴非《三唐傳國編年圖》、楊維楨《正統辨》、李清《南唐書年世總釋前論》、邱鍾仁《南唐承唐統論》。前列趙世延《南唐書序》，沈士龍、胡震亨題辭。此書武原張文漁徵君得於易州山中，先君子假得，與先師朱巢飲夫子取家藏各書逐條校勘，凡異同悉筆之簡端。復經周耕厓先生校訂，粘簽數百條。後有二札，一云：「雪客《南唐書注》大費苦心，老年長兄政暇能即付之梨棗，誠不朽盛事矣。」一云：「雪客《南唐書注》，偶攜過竹西，曹荔老轉託伊弟燕客郡丞，勸其開雕。弟念年世兄已刻馬、陸二書，今又復鋟此注，未免近複，故不復辭。已鈔副本，寄之原本，統俟録成彙繳可耳。」二札俱不書名氏，先君子謂是朱竹垞先生與蔣蘿村先生札。

陳無軒學博跋云：「乾隆戊戌十月十二日，芑堂來保定，遂訪友於易州山中，得是書，冒雨衝寒而至，喜不自勝，洵一段奇緣也。芑堂急欲南行，余未暇細讀，惟屬即付開雕，公諸同好云。十七日置酒觀古書畫畢，月出記之。」

先君子跋云：「大梁周雪客先生《南唐書注》，當時最有名，以未有刊本，故流傳絶少。昔襄平蔣蘿村、梅中兄弟合刻馬、陸二書時，曾得此校閲，既以示朱竹垞檢討，竹垞極賞之，謂蘿村已刊馬、陸二書，是以不復從臾。攜過廣陵，曹荔帷先生見之，勸其弟燕客郡丞開雕，卒亦未果，迄今又七十餘載矣。吾友張君文魚從易州山中得此書，數千里懷之以歸，喜不自勝，亟謀付之棃棗。予間從借讀，觀其徵引之富，真竹垞所謂具費苦心者。第其間亥豖脱謬，尚所不免，因與朱君允達據予家所有之書逐條校勘，凡諸異同，悉筆之簡端，還以質於文魚。至於注中有繁者宜芟，複者宜去，互異者應别其是非，附傳者當標其出處，若斯之類，皆私心所未安而深有望於二三同志之共訂者也。文魚博雅嗜古，汲汲以表章爲事。試更以芻蕘之言斟酌盡當而刊焉，非特爲山陰陸氏之功臣，抑亦雪客先生之益友矣。庚子端陽後二日跋。」

耕厓先生跋云：「歲壬寅，從兔床借觀是書於王氏藜照書屋，隨頁粘簽。十年以來，奔馳南北，忽忽幾忘之矣。壬子春，因纂修《廣德州志》，意其注中事有涉廣德者，復借閲一過。重檢舊簽，竟無新得以益之。二壬之間，白髮頻添，依然故我，可歎也。歲暮攜歸，輒附數言于末。十二月一日，海昌周廣業識。」

南部新書

《南部新書》十卷，舊鈔本。先君子從緑飲先生借手鈔本，照録諸家校勘於上，並補録首序並王聞遠叔子及貞復堂二跋。又附録厲本延祐丙辰子貞子、洪武五年清隱老人、正德十年約齋、辛丑清常各校，雍正庚戌蟬花居士、乾隆乙酉貞復堂諸跋。乙未歲，先君子復從著書齋借稽古堂刊本重校，識後云：「乾隆乙未閏十月，又從周芚兮先生借得高寓公稽古堂刊本重校，凡鈔本中有原字與刻本同者不復注『刻作某』，有不同字而刻本顯然紕繆者亦不復注。」

甲辰歲，簡莊徵君又以陳宋齋先生藏本互勘，跋云：「此吴槎客先生手校本也。乾隆四十九年三月，海鹽館中有苕人持鈔本見示，乃家宋齋先生書巢舊藏。會予以寒食解館，歸語槎客先生，先生出此本，屬爲覆勘。因復攜至館中，自三月二十五日至二十七日夜半勘畢，凡紫筆者皆是。合諸先生所校，是書可稱善本矣。新坡陳鱣記於六十四硯齋。」

嘉慶乙丑，先君子又補録陳本逢年一跋。其壬集内智永《千文》「律召調陽」一條，先君子辨云：「按六朝人最精音韻之學，周散騎《千文》妙處尤在雙聲疊韻，一起一結，四句中便有五雙聲，中間更難悉舉。此『律吕』與上句『成歲』並雙聲，斷不容改『吕』爲『召』。況『律吕』對『閏餘』彌覺工穩，而『律召』殊屬牽强。智永一人之書，豈可遂據爲典要。總由唐以後學者置此道於不講，故希白亦有此論耳。自時厥後，凡書《千文》者率以『召』易『吕』，使散騎抱怨於地下殆將千載，余特爲辨之如此，以俟知者正之。」

錢塘遺事

右鈔本十卷，吴門家枚庵先生手校，先君子跋云：「《錢塘遺事》十卷，昨歲從溆水吴子應和借得，倩族姪禹敷傳録。今年春，偶攜姑胥以示宗人伊仲，伊仲適有藏本，因爲余校正，凡硃筆皆是也。此書展轉不出吴氏，亦奇。伊仲名翌鳳，博學彊記，遇異書輒手自鈔校，蓋今日之方山也。乾隆丁未重陽後四日誌。」簡莊徵君又從文淵閣本校補數處，跋云：「有宋遺民臨安劉一清撰《錢唐遺事》十卷，世無刻本。陶南邨《説郛》載之，僅得數條。今夏寓吴門，購得是書，蓋從文淵閣鈔出，猶是足本。但書經三寫，誤脱甚多。既歸，訪兔床明經於小桐溪，明經出舊鈔本見示，曾經吴中吴伊仲手校者，頗爲精詳。遂借至津逮舫中，互相勘正，并録明經跋語。時方秋半，爽氣迎人。適偕明經遊杭，連舫共泊，對酌論文，連日登山臨水，閲市訪舊，殊多樂事。一夕徐步玩月，坐横河橋共談《錢唐遺事》，娓娓忘倦。明經復誦岳倦翁《玉楮集》詩數首，不禁感慨係之。歸途校畢，備載于此。嘉慶十年秋八月既望，陳鱣記。」

己卯仲秋，管君芷湘以是書見眎，屬校，因取家藏鈔本校勘一過，頗見其善。是本乃緑飲丈手校，彌足寶貴。且卷九《祈請使行程記》多十一、十二、十三三日事，余家本亦缺。惜無題識，未詳從何本校出耳。余本係吴中家枚庵丈校正，又經陳簡莊徵君從閣本補校，與此互有得失，兹得合勘，庶益美備矣。十月十八日，壽暘記。

高麗圖經

《讀書敏求記》：「《高麗圖經》四十卷，宣和六年，徐兢奉使高麗，撰《圖經》四十卷，凡三百條。物圖其形，事爲之説，上之御府。乾道三年，徐蒇鏤板澂江，惜乎圖亡而經存。兢字叔明，張孝伯與作行狀，附刊於卷末。」先君子書《敏求記》云：「今世所傳鈔本僅説數十番，又不如此本矣。觀《震川先生集》中跋此書之語，則叔明之志亦可取也。」「辛亥冬日，有書賈持來舊鈔《高麗圖經》四十卷，凡二百餘番，前列兢自序，後有其兄子蒇記得書顛末及刊梓歲月。卷末有海鹽姚士粦及鄭宏跋，又有乾道元年張孝伯作徐兢行狀。」簡莊徵君跋云：「《宣和奉使高麗圖經》四十卷，宋徐兢撰。靖康之變，圖亡經存。乾道三年，從子蒇刻於澂江郡齋，明末海鹽鄭休仲重刊。近吾友鮑君以文復以家藏繕本刻入《知不足齋叢書》，校補鄭本脱字凡數千，又正二十七卷錯簡數條，允推善本。嘉慶九年冬十月，同里吴槎客先生以所購鈔本見示，蓋即鄭刊本録出者。因攜至吴門，從黄君紹甫借得舊鈔本，并取鮑刻本互爲校訂，補其闕字，惟錯簡尚須舊録。聞吾郡趙氏小山堂藏有高麗本，不知刻於何時。前在京師遇高麗使臣朴君修其，詢及是書，云彼國刻本尚多，惜行笈中未曾攜帶耳。嘉慶十年春二月望日，書於江陰縣署，地即澂江也。」

又

《知不足齋叢書》中刻本，緑飲先生從宋本校，格式行款及字句同異俱親手塗改添補，蠅頭細楷，丹黄粲然，彌足見先生讀書之精審。

武林舊事

《武林舊事》舊鈔本，甚精。緑飲先生題云：「癸卯十一月三十日，得此於集英堂。」前有「鶴谿主人」、「笠澤」、「曹炎之印」、「彬侯」四圖記。前六卷用朱絲細格，中心有「山暉艸堂」字，楷法端整，似即繕寫付梓者。後有至元後戊寅忻厚德用和父跋、明弘治乙卯從靖跋。二跋之前有國朝康熙丁巳陸貽典跋云：「遵王鈔本前六卷，舊鈔缺後四卷，命工寫足。黼季假得，既屬竇伯校此，又浼余校一過，頗多是正處。朱筆出竇伯手，墨筆蓋余所校也。此本係余姻友孫岷自舊藏，岷自不禄屈指已十有三年矣，撫此不禁人琴之痛。康熙丁巳小春下浣，覿庵陸貽典識於山涇老屋。」

金陀粹編

《金陀粹編》二十八卷，舊刻本。按辛楣宫詹《潛研堂文集》跋云：「《初編》刻於檇李，《續編》刻於南徐，端平甲午又合刻藏於廟塾，皆有倦翁自序。元季重刻於杭州西湖書院，則有臨海陳基、會稽戴洙二序。明嘉靖壬寅，晉江洪富刊於兩浙運司。後十七年，莆田黄日敬復修補其漫漶者。然中多斷簡脱葉，惜無善本是正也。陳敬初序謂孝宗受禪，珂始以《籲天辨誣録》詣闕訴上。由是詔賜墳廟，復爵位，頒封謚，録遺孤。今考孝宗受禪在紹興三十二年壬午，忠武得昭雪復官，由於太學生程宏圖之上書。而倦翁之進《籲天辨誣》，乃在嘉泰四年丙寅，相去四十五載。又二十八年，至端平甲午，倦翁尚里居無恙。然則孝宗受禪時，倦翁恐猶未生，安得有詣闕上疏之事。本書所述年月，前後分明，易於尋檢，陳何不考至此。」此本有陳序，當即宫詹所稱元季刻本。前有「虎林樵者」、「清時埜史」、「高孚」、「玉昜居士」諸圖記。中多朱筆點定，序内「飛父子没餘二十年」至「以謝天下」云云，改作「没餘七十載，尚書史浩首言岳飛久寃詔賜」云云是也。其孫珂實始以《籲天辨誣録》詣闕訴上。吾意宋君其北望舊京，必恨不誅秦檜以謝天下。並書其上云，□□之辨於寧宗□□四年，蓋與孝□□禪相距四十餘□□此云云豈非誤□撰文時失於檢點□□今改正之。其説適與宫詹同。

宦夢録

鈔本《宦夢録》四卷，附《紛紜行釋》八首、《夜問九章》、《屏居十二課》。有高兆跋云：「湘隱先生著撰。嘗從其長公元虚教授所借觀請鈔，教授許刻成寄貽，遂載之豫章。越二載，教授客死，書散佚。吾友郭君殿見於延平，語余。訪之，僅得此四卷，命用溪衲環峯鈔歸，爲之三歎。己巳六月七日，高兆識。」又徐釚跋云：「辛未夏，余客三山，曾從侯官高固齋所鈔得黄相國東崖《國史唯疑》□卷，今又借鈔此本，已三年矣。時康熙甲戌六月再游閩中記。菊莊徐釚。」

國壽録

《國壽録》四卷。後有《便記》十二篇，前列編輯例言，不著名氏。先君子書云：「以上例言未審何人所作，其云扶風氏藏，爲插花山舊本。嘉慶壬戌，予七十初度，陳奉峨茂才手録此本見貽，其原本則又從周勤補孝廉借鈔也。辛未七月記。」其《攀髯疑案》、《江陰疑案》二篇，原本亦列録中，標題曰「襄城伯李國楨傳」、「中書戚藩傳」。例言辨其非，入之《便記》，以爲此二事者，當時要别有其人，特湮没不傳，遂以訛傳誤耳。今既知其非李與戚也，雖其人不可考，而使人聞其事，想見其爲人，而爲之低徊感歎，亦足不朽矣。且傳其事庶或終知其人乎。謹標之爲疑案，世有博識，將質成焉。

先君書《甲申傳信録》「襄城伯」一條於《攀髯疑案》後，並識云：「此傳與《綏寇紀略》第十二卷下『虞淵沈中』所記李國楨殉節事並當是傳聞之訛。」又書《傳信録》一篇後云：「右錢士馨《甲申傳信録》『跖餔遺臠』一條，偶讀查傳例言及跋，故鈔附於此。愚按：此編蓋伊璜先生當日隨其見聞劄記，未經詮覈之書。故如襄城傳既書其節概如此之烈，而《逆闖始末》則又云，賊奸細滿都城，閹臣魏藻德、勛臣李國楨俱願爲内應。豈不自相矛盾乎？由是以觀，蓋不獨戚藩、戚勳之訛矣。」書《江陰疑案》後云：「按晞明《江上孤忠録》作中書舍人戚勳以紅筆大書於壁，闔門焚死，而無戚藩其人。蓋『藩』乃『勳』之訛也。」又書《逆闖始末》中「副將周遇吉獨閉關相距，大摧李兵。百姓縛遇吉出，李磔之」數語上云：「《綏寇紀略》『遇吉運矛策馬，入賊中堅，手刃巨賊百餘人。矢攢甲如蝟毛，身被數十創而死。』豈有百姓縛出之事乎？」

暘按《甲申傳信録》謂國楨既不能死，欲求苟活，而卒被刑戮。好事者妄飾美談，被之忠節，以快聽聞，何其誣也！並舉陳濟生《再生記》、無名氏《燕都日記》所云，以爲夢中語。而謂余四月入都，亦聞此言。逮五月還城，都民去襄城第甚近者言之最詳，與前所聞大異，而襄城誤國之論盈於人口。駙馬都尉冉興讓子五君者，國楨之中戚也。予詢之，亦云是當時傳聞異詞。諸家傳記，類多失實，非訪諸其鄉人至戚，無從定其真僞。宜東山先生此録亦未核實耳。

華陽國志

刻本。向闕卷十中二子卷，乾隆癸丑，先君子借盧抱經學士本補鈔並校。又卷八「永康八年，詔徵刺史廞爲大長秋」一篇下補「永寧元年春正月，廞遣萬餘人斷北道，次綿竹」以下四葉，其餘字句脱誤同異，補正處甚多。按程大昌《演繁露》云：「《後漢傳》贊注，梁州北距華山之陽，南距黑水。故常璩敘蜀事，謂之《華陽國志》也。」

五國故事

《五國故事》二卷，宋無名氏撰。前有余寅序。此木經録飲先生校定。余序云：「吾鄞少司馬范公建天一閣，多藏書。此蓋瑣品之一。」又云：「范司馬喜刻古書，此編已入丹格，未及梓而没。」蓋此從范氏鈔出，今已刻入《知不足齋叢書》中。

南燼紀聞、竊憤正續録

二種並鈔本，合爲一册，不著撰人名氏。先君子云：「《南燼紀聞》，淮海周煇著。《竊憤録》，辛棄疾著。皆相傳如此。然晁、陳諸家均未著於録。」暘按：家藏又一鈔本，亦二種，前多《南渡録大略》一篇，並題辛去疾著。

錦里耆舊傳

《錦里耆舊傳》四卷，卷一起中和五年正月，至蜀武成元年。卷二起武成三年，盡同光四年春。卷三起天成二年春二月，訖僞蜀廣政二十五年。卷四起廣政二十八年冬，訖乾德四年春。陳振孫《書録解題》云：「八卷《續傳》十卷，前應靈縣令平陽句延慶昌裔撰。開寶三年，秘書丞劉蔚知榮州得此傳。

其詞蕪穢，請延慶修之，改曰《成都理亂記》。天成之後，别加編次。起咸通九載，迄乾德四年，百餘年蜀事，大略具矣。《續傳》蜀人張緒所撰。起乾德乙丑，迄祥符己酉。自平蜀之後，朝廷命令、官僚姓名及政事因革，以至李順、王均、劉旴作亂之迹，皆略載之。知新繁縣太常博士張約爲之序。」《四庫目録》云：「四卷，宋句延慶著。一名《成都理亂志》。志王氏、孟氏據蜀時事。陳振孫《書録解題》作八卷，述成書始末甚詳。然謂此書起唐懿宗咸通九年，此書實起僖宗中和五年。又謂所記下迄祥符己酉，此書實開寶中作，不應預見祥符。或所見别一續補之本歟。」先君子記《書録解題》上云：「按《文獻通考》『經籍類』引陳氏曰，誤脱去自『乾德』至『撰起』凡二十二字。張緒《續記》，《通志》作『張彰』，見《崇文總目》。」

宋紀受終考

右三卷，程敏政著。前有成化十三年自序，後有弘治四年婺源戴銑跋。其辨太祖、太宗傳禪之誤，以歐陽諸公正史爲據，而疑《湘山野録》之未實。《讀書敏求記》「野録」條下謂成化間尹直等奉敕編纂《宋元通鑑》，辨宋太祖、太宗傳禪之誤，蓋自李燾删潤《湘山野録》啓之，并載《野録》謂太祖、太宗對飲，燭影下時見太宗有不可勝之狀。而燾改「不可勝」爲「遜避」。太祖戳雪顧太宗曰，好做好做。而燾改「戳雪」爲「戳地」，「好做」爲「好爲之」，又加「大聲」二字，遂不免有畫蛇添足之病。此書辨之曰：「太宗留宿禁内，此亦繆誤。太祖既不豫，寧復自登閣且至殿廷戳雪乎？」其説更爲明快。

六陵遺事

《六陵遺事》一卷，後附《庚申君遺事》一卷。並萬季埜先生所輯。先君子手鈔校正，並有按語。

奉使西域行程記

右三卷，題「行在吏部驗封清吏司員外郎臣陳誠、北京苑馬寺清河監副臣李暹謹進。」前有正統十二年國史總裁王直序，後附胡廣、周孟簡、鄒緝送行詩序。

李侍郎北使録

鈔本《北使録》，一册，不著撰人名氏。首行題「李侍郎北使録」。先君子記云：「此錢遵王藏書」。

名相贊

《名相贊》五卷，明尹直著。起漢蕭相國，迄宋文丞相。前有弘治甲子直自序，後有弘治十八年歐陽雲序。首頁有「曹溶」、「潔躬」二圖記，蓋秋岳先生舊藏也。

備遺録

《備遺録》，一册，不分卷。題「後學新淦張芹編輯，後學清江敖英校正」。張序云：「録中四十六人，其爵里名氏皆閩中宋君端儀嘗采輯爲録而未成者。予因旁加考摭，得其間二十餘人事略，類而萃之，以爲斯録。所載記皆靖難死節諸臣，事迹無考者二十六人，第書爵里於後。」卷末敖英跋。此册亦倦圃藏書，圖記與面頁題字並與《名相贊》同。

泰昌朝記事

舊鈔本，一册。前署「江上遺民李遜之輯」。有「吴翌鳳家藏文苑」圖記，蓋家枚庵先生藏本。先君子書後云：「嘉慶甲子，收得友人枚庵藏書，蓋自君之别已三十餘載矣，不禁撫卷黯然。」

蜀難紀略

《蜀難敘略》，婁東沈荀蔚著。前列范文光、沈華陽傳，後附李明睿、金之俊、吴偉業、王時敏、王發祥、張王治、吴國杰、孫以敬、吴克孝、毛天麒、錢廣居、郭奎先、周亮工諸先生跋。所記爲獻逆破蜀，荀蔚父雲祚死節事，起崇禎十五年，至國朝康熙三年，與難始末凡二十餘載。其記雲祚之遇害也，曰：

「被幽於大慈寺，逆遣其黨饋食，以厚禄相誘，更以天命爲詞。先君子擊案罵曰：『吾豈食賊粟哉！自兵敗時，已不食求死。不死，何不速殺？吾將助國滅汝等也。』賊黨知不可屈，往報逆，逆大怒。遂與御史、理刑兩劉公同遇害。初御史及崇慶州知州王勵精皆與逆同里人，初疑之。至是勵精聞省城陷，即朝服望北闕拜，坐樓上，舉火自焚。勵精嘗於壁上書文文山『孔曰成仁』等語，後二十餘年，壁字猶如故。及州民建祠奉公像，祭甫畢而壁適頹，其精誠所積如此。」而記獻逆之死也，曰：「及舁賊至，猶張目瞪視。於是斬首剖心，心色純黑，時十二月十一日也。獻逆稔惡滔天，古今寡儔。大兵誕將天威，爲天下復讐，神人共快。及傳首成都，遺民競取其首，提擲刺割，踐踏污穢，無所不至。雖大快心，實恨其死之太易。聞埋尸處叢艸如棘，觸之者皮肉糜爛。又時有黑虎噬人，人皆遠之。戾氣所鍾，死而不磨如此。」

保越録

《保越録》，一册，不著撰人名氏。《四庫目録》云：「記元順帝至正十九年明胡大海攻紹興，張士誠將吕珍守據事。所記胡大海縱兵淫掠及發宋陵墓諸惡迹，《明史》皆未書。張正蒙妻韓氏、女池奴及馮道二妻抗節事，《明史·列女傳》亦未載，存之可補史闕也。」

歷代山陵考

右二卷，明王在晉奉敕纂。

國朝山陵考

《明山陵考》二卷，亦王在晉纂。

謚法考

右鈔本，不分卷，無纂述名氏。其載明臣謚法至弘治十二年王越止。

海寧倭寇始末

右一册，不著作者名氏。先君子校，並有按語。

柳邊紀略

《柳邊紀略》五卷，楊賓著，後一卷爲詩。鈔本，尚有缺字。前有賓自序及費密、潘耒、林佪、黄中堅、王源諸公跋，自序比於《松漠紀聞》、《南燼紀聞》、《北狩革書》之類。

綏寇紀略

《綏寇紀略》三卷，係未經刊刻者。先君子云：「以上三卷俱未有刊本。《綏寇紀略》原十五卷，又名《鹿樵紀聞》。予有舊鈔本，十五卷俱全。太倉唐孫華有《讀梅邨先生鹿樵紀聞》七律六首，見《東江集》。乙丑六月志。」

鹿樵紀聞

右十五卷，舊鈔本。始「鶉首火」，迄「虞淵沈下」。末一卷爲《附紀》，起「漳泉海寇」，訖「湖南各賊」。

明季甲乙兩年事迹彙略

右三卷，不著撰人名氏。惟題「東邨八十一老農隨筆」。前有順治改元沛澤老農自序，其記李國楨事云：「朝廷發三大營營齋化門外，李國楨坐城樓，無所主張，唯以大監王相堯統領。」又有「賊執襄城伯李國楨至，初時悍然不跪。賊再以危言恐之，曰當屠一城人，李乃跪曰：『吾爲闔城求全也。』未數日，發同諸人追銀夾二次，已聞成國公誅死，即自縊。賊執其夫人」云云。與《甲申傳信録》同。卷一起甲申正月初一至五月三十日，卷二起六月初一至十二月三十日，卷三起乙酉正月初一至五月三十日。

紀事本末備遺

舊鈔本《紀事本末備遺》，二册，不分卷，亦無序目，撰人名氏截去。首册爲《遼左兵端》、《熊王功罪》、《插漢寇邊》，二册爲《毛帥東江》、《綿寧戰守》、《東兵入口》，凡六篇。

列女傳

吴中顧氏仿宋刻本。先君子以明黄刻本校。巢飲先生亦曾勘閲，夾簽數十條。

列仙傳

右二卷，汲古閣刊本。枚庵先生所藏，有「枚庵藏本」、「枚庵流覽所及」二印記。首沈汾序。枚庵書云：「此首乃《續仙傳》敘，誤冠於此，翌鳳記。時丙申九月。」

拜經樓藏書題跋記卷三

水經注

《水經注》四十卷，明項氏刻本。先君以柳氏鈔本手校，每卷皆有題記。卷末跋云：「《山海經》而後，地理之書，莫過於《水經》，而《水經》之所以超陵羣籍者，亦藉有酈亭之注存焉爾。《水經》原水一百三十有七，注中又得一千二百五十有二，包舉華夏，囊括古今，俾學者足不必踰户庭，舉凡天下經流原委，瞭然若指諸掌。藉令郭弘農移山海之筆而爲之絜長較短，吾未知孰得而孰失也。世有修水道者，執此以往，非但神禹之遺迹可求，即管子所稱三億三萬三千五百五十有九之數，旁引曲證，庸詎知不復見於今日耶？惜閲時既遠，習者久乏專家。自唐以後，闕失頗多。宋館閣所藏止三十五卷，蜀本僅二十卷，故歐陽公且未見足本。今幸復四十卷之舊，而其間經、注混淆，訛文脱簡，不勝悉數。金源有蔡氏珪《補正水經》，已不可復得。自明以來，校讐刊布者，家數漸廣。如楊氏慎、黄氏省曾、吾族人瑄、陳氏仁錫、鍾氏惺、譚氏元春及項氏絪此本，而南昌王孫謀瑋之箋爲最傳。其用舊本傳録是正者，又有若歸氏有光舊鈔本，趙氏琦美三校本，朱氏之臣補正本，全氏元立、天敘、吾騏三世校本，馮氏夢禎勘定本，錢氏曾依宋刻校本，黄氏宗羲芟本，孫氏潛再校本，顧氏炎武校本，黄氏儀校本并圖，劉氏獻廷注疏本，姜氏宸英校本，何氏焯再校本，沈氏炳巽集釋本，全氏祖望七校本，而柳氏僉影宋鈔本爲最精。他如周氏嬰、閻氏若璩、胡氏渭、顧氏祖禹、董氏熜、杭氏世駿、齊氏召南，皆嘗援據辨證，以匡其失。逮仁和趙氏一清復博采史傳，斟酌諸家之説，繩愆糾謬，定爲《水經注釋》四十卷，又别纂《朱箋刊誤》十二卷，自謂集古今之大成，於桑、酈二家可稱功臣。所遺憾者，惟未覩柳氏本耳。按僉字大中，吴人，别號味茶居士。書鈔於正德中，前有道元原序，雖闕而不全，顧别本皆無之，吉光片羽，洵希世之珍也。舊藏洞庭葉石君家，旋亦散去。予既録得趙本，又嘗慨慕柳本，有得隴望蜀之想。癸巳秋日，吾友鮑渌飲忽從湖墅友人齋頭獲見此本，馳以告予，爲之狂喜彌日。因亟從借歸，出趙氏書中孫潛校補數處證之，壹皆吻合。簡端雖不著大中姓氏，定爲從柳本傳鈔，可無疑者。欲影鈔一本，卒卒未暇，乃先取項本手爲讐勘，其不同者悉表而出之，以資參考。始於癸巳季冬，訖於甲午仲秋，凡九閲晦朔。蓋百里外借書往來，動多作輟故也。原本雖亦間有亥豕，然披沙簡金，往往得寶，在擇之者何如耳。嗟乎！是一帙也，趙君以畢生之力求之而不可得，予遇之若取諸懷袖，何造物者之嗇於彼而暱於此也，抑書之遇不遇亦有時歟？予既自慶其遭，略取顛末而著於此，後之得吾書者，其寶之哉！乾隆三十九年重九日，海寧吴某書於拜經樓。」

柳本酈序缺「深屏營也」至「枉渚交奇」凡半葉，此從新刻本補全。每葉廿二行，行二十字。記云：「乾隆丙申春，從京師新刻本鈔全酈序，并校訛字。此序蓋從《永樂大典》内録出，使人得觀全璧，何其幸也。兔床記。」「此序行間字數猶是宋板本來面目，又記。」又書卷首云：「柳本卷下俱有『第』字，人名上不署『漢』及『後魏』字，後同。凡硃筆注『一作』者，俱柳鈔本。柳本經、注皆白文，無小注。故此本小注並用乙。」

元豐九域志

《元豐九域志》十卷，吴中家枚庵先生從青芝堂影宋本録出，復以舊志校勘者。每葉大字二十二行，每行大字二十二、小字夾行每行二十三及二十四、二十五字。先君子從枚庵借鈔，並書其跋云：「《新定九域志》十卷，青芝山堂影宋鈔本，復從元豐舊志校勘者。首卷原闕四京以下六版，又脱曹州濟陰郡半版，亦從舊志鈔補，并録入進表一篇，略成完書矣。《新定》本較舊志增多『古迹』一門，朱竹垞謂舊志多經進之書，此則民間流行之本，未知然否？慨白祝穆《方輿勝覽》殘山剩水，僅記偏安州郡，惟此與樂史《寰宇記》猶見全宋規模，而流傳甚罕，識者所當什襲而寶貴之也。乾隆戊戌秋九月，枚庵漫士吴翌鳳書。」

先君子跋云：「家枚庵僑居吴下，性喜藏書。每遇秘本，輒手爲傳録，蓋今之方山也。王正仲《九域志》流傳絶少，而有『古迹』者尤爲難得。癸卯夏，從枚庵借得，因亟鈔而藏諸拜經樓。」又云：「壬子仲春，復以錢遵王影宋鈔本及嘉興馮氏新刊本重校一過。」

又

嘉興馮氏刊《元豐九域志》十卷，先君子以青芝堂鈔本校，跋云：「戊申秋日，仲魚新購得錢遵王影宋鈔《元豐九域志》，即從京師寄予，予受而讀之。庚戌仲夏南還，復以此本見遺，蓋嘉禾馮氏新刊本也。仲魚留心地學，觀其跋語，足徵其討究之深。馮氏復借影鈔本重校而補刊各卷之後，資仲魚之益亦不尠矣。予習懶廢學，慮遵王善本留諸插架，徒飽蟫腹，因取遵王本仍還仲魚，而以予舊日所藏青芝堂鈔本《九域志》有『古迹』者重校一過，漫記於此。」

壽暘按：簡莊徵君得影宋鈔本，馮氏借校，補刊各條於每卷之後。徵君有書後一篇，論黎陽大伾山，據本志，復據《宋史》及《文獻通考》，謂蔡氏書《禹貢》不當以黎陽縣繫今通利軍，爲王厚齋所未及者。先君録其文於此本之後。

乾道臨安志

《乾道志》鈔本，止三卷。每葉二十行，行十九字。先君子以錢氏萃古齋新鈔本校，錢氏本每葉十八行，行二十字。前有厲樊榭先生序云：「《乾道臨安志》十五卷，宋臨安府尹吴興周淙彦廣所修也。此宋槧本，僅一卷至三卷，無序目可稽。觀其稱孝宗爲『今上』，紀職官至淙而訖，其爲《乾道志》無疑。吾郡志乘之有名者，北宋圖經久已無考。至南渡建爲行都，則此志居首。繼之以施愕《淳祐志》、潛説友《咸淳志》，皆爲宋人排纘。予所見者，祇有《咸淳》百卷，向在花山馬氏，吴君尺鳬鈔藏，尚闕七卷。趙君谷林復購得宋槧本之半，固已珍如球璧。今孫君晴厓從都下獲此志，雖僅十之一二，而當時宫闕、官署、城市、橋梁、坊巷具存，職官始末更爲詳晰。諸家儲藏著録未有及此者。淙尹京時，撩湖濬渠，綽有政績，載在《宋史》，其書更可寶也。亟録副本而歸之，樊榭厲鶚識後。」

杭堇浦先生跋云：「長興周淙彦廣撰《臨安志》十五卷。《直齋書録》譏其首卷爲行在所，於宫闕殿閣全不記載，其他沿革，亦多疎略。此書世所罕傳，萬曆中吾郡陳布政善修府志時已不得見。孫君晴厓得宋槧本於京師故家，祇一卷至三卷，所載園亭、坊巷及職官姓氏爲潛君高《咸淳志》藍本，其它惜無從更覓。然斷圭殘璧，爲此邦文獻計，已不啻寶如圖球。《志》稱乾道三年五月二十六日，以右朝請大夫直龍圖閣兩浙轉運使知臨安府。先是，紹興五年嘗通判府事。《宋史》本傳但言宣和間以父任爲郎，歷官至通判建康府。《志》稱乾道四年十月十四日磨勘轉右朝議大夫，五年七月初四日除右文殿修撰，再任。本傳但言進右文殿修撰，提舉江州太平興國宫以歸，無再任臨安事，此可以補史之闕。《咸淳志》載淙濬湖撩皁諸善政，孝宗手敕奬諭。本傳但言其開湖一事，亦似過略。堇浦杭世駿跋。」

淳祐臨安志

《淳祐志》六卷。每葉十四行，每行大字十九、小字雙行十九。簡莊徵君從吴中爲先君子鈔得，同時黄蕘圃主事亦録一本。蕘圃主事跋云：「今歲夏秋之交，賈人從乍浦韓氏得書數百種，盛稱中多舊本。書大都皆余所有，不復過問。惟相傳有《臨安志》六卷本，余甚疑之。蓋《乾道》則太多，《咸淳》則太少，遂就賈人處索觀其書。卷中所志淳祐而止，余曰，是必施諤《臨安志》也。賈人初不知，因余言遂信之。擬與交易，云已售出，惜未歸之。頃晤簡莊，知是書在彼處，外府之藏也，當倩胥録其副。同人賦詩紀事，簡莊倡而兔床與余和之，洵爲藝林佳話云。己巳季冬十有一月，復翁書於石泉古舍。」

簡莊徵君跋云：「吾杭在南宋建都爲臨安府，其志凡三修：一爲乾道時周淙撰，一爲淳祐時施諤撰，《四庫書目提要》作施鍔，杭堇浦、厲樊榭《咸淳志跋》作施愕，今黄蕘圃與余定作施諤。一爲咸淳時潛説友撰。《乾道志》十五卷，久佚。同郡孫晴厓從都下得宋槧本，止三卷，余曾録副本。《咸淳志》百卷，秀水朱竹垞從海鹽胡氏、常熟毛氏先後購得宋刻八十卷，又借鈔十三卷，尚缺七卷。後歸吾鄉馬氏道古樓收藏，錢唐吴繡谷購鈔其半，繼而竹垞孫稼翁又以宋槧十七册售於同郡趙氏小山堂，趙氏復從吴本補録其餘，未及裝整，即歸王氏寶日軒，又轉歸於吴氏存雅堂。乾隆三十八年，歙鮑緑飲從平湖高氏得宋槧本二十二册，中間節次缺失，而盡於八十一卷。每册有季滄葦圖記，據緑飲跋云，内第四卷至九卷實季氏補鈔。中稱理宗爲『今上』，應是施愕《淳祐志》羼入。餘二十册，紙墨精好，較勝趙氏本。而六十五、六兩卷又竹垞所未見也。因斥去季氏補鈔施《志》六卷，就趙本補録，通得九十五卷。未幾歸於吾鄉吳氏拜經樓。餘姚盧氏抱經堂嘗從吳氏借鈔，今爲余所得者也。近客吳中，有持書目來者，云平湖韓氏出售中有《臨安志》四册，因與黄君蕘圃亟取觀之。書凡六卷，所列山川、城府二門，雖編爲卷一至六，然前尚有缺卷。其紀載至淳祐十一、二年止，避諱亦僅及理宗，其爲《淳祐志》無疑。殆即從季氏本轉録者，乃以厚價購之。考《直齋書録》、《文獻通考》及《宋史・藝文志》皆不著録，而施之字里出處亦未詳明。其時知臨安府事者爲趙與簒，《志》中備載其建置倉敖、設育嬰堂、濬西湖、開運河諸善政。按《宋史》云與簒所至急於財利，幾於聚斂之臣。而盧熊《蘇州府志》稱其知平江，適郡中饑，分場設粥，全活數萬人。再守郡，行鄉飲射禮於學宫，復修飾殿堂齋廬，廣弦誦以嚴教養，弟子爲立生祠。熊之言當有所受，則《志》亦未必虚譽，兼可以證史傳異文。書雖不全，良足寶貴。遂與《乾道》、《咸淳》二志共藏，目爲宋臨安三志，并賦詩紀事。嘉慶十有四年冬十有二月，海寧陳鱣書。」詩云：

偶從吳市購得宋《淳祐臨安志》六卷，雖非全本，然自來著録家多未見，喜而有作，寄槎客先生。

輸錢吳市得書詩，道是西施入館娃。《志》爲施諤所修。宋室江山存梗概，鄉邦風物見繁華。關心志乘亡全帙，屈指收藏又一家。同郡孫氏壽松堂舊藏宋本《乾道臨安志》三卷，先生書庫有宋本《咸淳臨安志》九十五卷，嘗刻一印曰「臨安志百卷人家」。況有會稽嘉泰本，賞奇差足慰生涯。同時購得《嘉泰會稽志》。

先君子和作云：「鳳舞龍飛詎足誇，錢唐遺事失宮娃。天教南渡支殘局，人想東京續夢華。朱鳥歌成空有淚，冬青種後已無家。與君鼎足藏三志，予舊有《乾道臨安志》三卷，《咸淳臨安志》九十五卷，皆宋刻及影鈔本，合此爲臨安三志云。天水猶懸碧海涯。」

蕘圃主事和作云：「甄別奇書卻自誇，秦娥未許混吴娃。《淳祐志》舊誤厠《咸淳志》中，故借用《方言》卷二中事，詳見《讀書敏求記》。闕疑向已無年號，所見《淳祐志》鈔本皆無年號。微顯今還識物華。半壁河山留六卷，纍朝興廢得三家。東南進取忘前鑑，空使宗臣泣海涯。」《東南進取輿地通鑑》三十卷，孝節先生趙善譽著。即陳氏《解題》、馬氏《通考》所云《南北攻守類考》也。宋刻藏無錫某氏，近始獲見，因價昂，未之買。又庚午春日寄懷先君子次前韻詩云：「千元百宋競相誇，引得吴人道是娃。謂好曰娃，見《説文》。我爲嗜奇荒産業，君因勤學耗年華。良朋隔世亡雙璧，謂顧抱沖、袁壽皆。異地同心有幾家。真箇蘇杭聞見廣，藝林佳話徧天涯。」仲魚得《淳祐志》即佳話之一。

咸淳臨安志

宋大字本《咸淳臨安志》九十五卷。每葉二十行，每行白文二十，注文雙行二十字。緑飲先生得於平湖高氏，以歸先君子。凡宋刻二十卷，影宋鈔七十五卷。有季滄葦圖記，卷帙與《傳是樓宋板書目》相符，蓋東海舊藏。原本盡于八十一卷，内五卷至第十卷乃施諤《淳祐志》羼入，緑飲先生撤出此六卷，從王氏、吳氏影宋補鈔，較竹垞先生所見本多六十五、六十六二卷。鈔本經沈君烺校正，書其前云：「乾隆丙申三月初十日，武林沈烺校。」又云：「是書鮑淥飲借鈔於壽松堂孫氏，檢書者不依卷數亂發，隨借隨鈔，亦即隨校，覽者幸毋以參錯爲嫌。烺又識。」每卷後皆記校對月日。又九十七卷後書云：「乾隆四十二年歲次丙申二月望後，假壽松堂孫氏本鈔補，四月二日鈔畢，七日校訖。計補八百頁。」

又耕厓先生識云：「四月三日閲竟，風日和美，緑陰滿窗，時將迎夏矣。廣業。」

先君子嘗欲取《乾道臨安志》，成化、萬曆二《杭州府志》補其缺卷，未有成書。曾手定序録一册，至百卷後有附録七則，並録朱、吳、杭、鮑四先生題跋。

竹垞先生跋云：「南宋咸淳四年，中奉大夫權户部尚書知臨安軍府事縉雲縣開國男處州潛説友君高葺正府志，增益舊聞，凡一百卷。予從海鹽胡氏、常熟毛氏先後得宋槧本八十卷，又借鈔一十三卷，其七卷終缺焉。宋人地志幸存者，若宋次道之志長安，梁叔子之志三山，范致能之志吳郡，施武子之志會稽，羅端良之志新安，陳壽老之志赤城，每患其太簡。惟潛氏此志獨詳，合以《吳越備史》、《中興館閣録》、《續録》、《都城紀勝》、《武林舊事》、《夢粱録》、《大滌洞天志》，庶幾文獻足徵。惜後之作通志者目未覩此，以致舊聞放失，可歎也夫！秀水朱彝尊。」

尺鳬先生跋云：「《咸淳臨安志》原本舊藏朱氏曝書亭，後歸花山馬氏道古樓，今入桐鄉汪氏書庫，世人不可得見矣。所闕者凡七卷，竹垞竭平生之搜括，竟不能見。合浦珠離，平津劍失，世間神物，自有護持，不知吾生可能得遇否？康熙辛卯，從馬氏乞鈔，予錢二十千，凡三年，僅得半部。更請於書主，付繡谷亭，別令楷書生録完，并假前半部手自校定，先後歷十年餘，至雍正元年癸卯始得裝訂。成一書之難如此。錢塘吴焯。」

堇浦先生跋云：「《咸淳臨安志》，縉雲潛説友君高撰。説友史家不爲立傳，其序末列銜云云，存此可以見説友之官閥。書凡百卷，舊藏花山馬氏，吾友吴君尺鳧以二十千購鈔其半，其半則得之王店朱氏檢討家，碑刻七卷仍闕如也。好事者往往從吴氏借鈔，鈔胥憚煩，每割去大文長記，以是世鮮善本。辛亥歲夏同在志局，尺鳧攜是書來，予與趙誠夫共相參校，乃得睹悉真贋，輒歎求書之難。適檢討孫稼翁以宋槧十七册求售，亟從臾誠夫以三十金易之。山川、古迹、祠廟、寺觀、湖志，全弋獲於此，吾郡之文獻又無論也。施愕《淳祐志》久佚不傳，説友間一稱引之，序所謂漏且舛者也。後陳布政再修，爲能胚胎前光，稱杭之善志，其賢於夏大理遠矣。秦亭山人杭世駿。」

先君子云：「按吴繡谷跋所藏《咸淳臨安志》，謂予錢二十千，僅鈔半部，蓋謂以錢予馬氏之掌書者也。其後復從書主借其半鈔全，無得之王店朱檢討家之説。又考所闕七卷，爲第六十四、六十五、六十六三卷，並人物第九十、九十八、九十九三卷，並紀文第一百卷，乃《歷代碑刻目》。跋中所言碑刻七卷仍闕如也，似皆未得其實。」

緑飲先生跋云：「宋咸淳間潛説友撰《臨安志》百卷，歷世寖久，傳本絶少。我朝朱檢討彝尊先後從海鹽胡氏、常熟毛氏得宋槧本，去其重複，輯成八十卷。又從他氏補鈔十三卷，尚闕七卷，無從補録。其跋載《曝書亭集》中。檢討既没，歸之花山馬氏道古樓，馬復售之桐鄉汪氏，今則散佚莫可蹤迹矣。方在道古樓時，錢塘吴繡谷先生從之借録，予錢二十千，僅得其半。又歷十餘寒暑，始畢業焉。雍正辛亥，檢討孫稼翁以重出宋槧本三十五卷售小山堂趙氏，趙氏從吴本補録其餘，未及裝整，即歸北墅王氏寶日軒，頃復爲吴氏存雅堂所有。吴氏之居去予家祇數舍，予每欲借鈔，輒因病止。今年正月，偶得平湖高氏本凡二十二册，中間節次闕失，而盡於八十一卷。每册有季滄葦圖記，以《傳是樓宋板書目》證之，其卷帙相符，蓋即東海舊物也，内第四卷迄第九卷實季氏補鈔。中稱理宗爲『今上』，應是施愕《淳祐志》羼入。暘謹按：家藏本第四卷乃宋刻，第五至第十並知不足齋補鈔。先生殆偶誤記耳。餘二十册紙墨精好，較勝於趙氏本，而六十五、六十六兩卷又竹垞先生所未見也。因拆去季氏補鈔《施志》六卷，就吴氏借趙本補録。凡影宋刻鈔者一十六卷，影鈔者二十八卷，又影宋刻鈔序目三十八翻，合刻本通得九十五卷。仍缺者第一卷卷首序録二翻，第六十四卷及九十卷，九十八卷至一百卷，留心稽訪，異日或成全書未可知也。吴本有繡谷先生手跋，趙本有堇浦先生手跋，記述頗詳，并録於左，俾後之好古者有所徵信，且知吴、趙二家購求遺籍，不惜重資有足法者。嗟乎！聚書藏書，良非易事，即如泰興季氏、花山馬氏、桐鄉汪氏、武林趙氏、王氏以及健庵、江邨之富且貴焉，而此書不數十年間屢易其主，若傳舍然。况以余之薄弱，其能長守而弗失乎？亦冀後我者知所愛護而已。乾隆三十八年歲次癸巳三月，歙人鮑廷博題於知不足齋。」

附録《癸辛雜識》一條，先君子書云：「按《姑蘇志・古今守令表》，説友以德祐元年四月二十五日罷，二十六日，婺州陳謙亨以浙西提刑兼攝平江府。八月二十四日，除司農少卿，至九月十八日，文天祥以制置使知平江府。按此是信國之前尚有陳謙亨攝平江數月也，可補《雜識》之遺。」又《升庵外集》「潛説友宋安撫使，今傳奇中王十朋有此人，訛爲錢。」先君子書云：「按傳奇雜劇往往假託人姓名，而罕指實。且王十朋，紹興二十七年進士，至咸淳時已百數十歲，升庵之不檢，每多如此。」

新安志

《新安志》十卷，舊鈔本。前題「大宋孝宗乾道二年賜進士第中議大夫知鄂州軍府事新安羅願編」。有趙不悔序，淳熙二年願自序。按《曝書亭集》云：「古文至南宋，日趨於冗長。獨《羅鄂州小集》所存無多，極其醇雅。所撰《新安志》簡而有要，篁墩程氏取其材作《文獻志》，此志之最善者。予年八十，始鈔得是書，每勸新安富家開雕，終鮮應者。甚矣今人之不好古也。」《潛研堂文集》云：「汪廷俊，世所指爲姦人也，羅端良入之《先達傳》，初無微詞，後儒亦不以病羅氏。蓋郡縣之志與國史不同，國史美惡兼書，志則有褒無貶，所以存忠厚也。公論所在，固不可變白爲黑，而桑梓之敬，自不能已。袁伯長《四明志》於史同叔但敍其歷官，而云事具《國史》，與此同意。汪尚有善可稱，史則其惡益著，故文稍異爾。《志》成於淳熙二年，朱晦翁名位未顯，且見存不在立傳之例。而於《韋齋傳》末稱其讀書求志，有『四方學者推尊』之語，亦見其傾倒於朱也。今本《進士題名篇》於朱名下注『太師徽國文公』六字，則後人所加。」

三山志

《淳熙三山志》四十二卷，舊鈔本。按《曝書亭集》云：「志閩地者，晉有陶夔，唐有林諝，宋有林世程，諸書均佚。是編亦罕流傳，以三山士夫未著録者，一旦有之，足以豪矣。特其體例附山川於寺觀之末，未免失倫。然十國之事，可徵信者，多有出於黄氏《八閩通志》、王氏《閩大紀》、何氏《閩書》之外，學者所當博稽也。」《潛研堂文集》云：「梁克家《三山志》四十卷，《宋史·藝文志》謂之《長樂志》，其實一書也。今本作四十二卷，其第卅一、第卅二兩卷《進士題名》乃淳祐中福州教授朱貔孫續入。考目録，本附於第卅之後，但云第卅中、第卅下，未嘗輒更舊志卷第。後人析爲四十二卷，又非貔孫之舊矣。《志》成於淳熙九年五月，而知府題名增至嘉定十五年，他卷間有闌入淳祐中事者，皆後人隨時儳入也。《宋史》本傳於乾道罷相，以觀文殿大學士知建康府之後，即云：『淳熙八年，起知福州。』據《志》，克家於淳熙六年三月以資政殿大學士、宣奉大夫知福州，則傳稱『八年』者誤。《志》又書八年五月復觀文殿學士，此即史所載『趙雄奏欲令再任，降旨仍知福州』事。是時克家莅任已滿二年，故有再任之旨，因復其職名。史誤以再任之年爲初任之年，則甫經到任，不當云再任矣。且克家於罷相時已除觀文殿大學士，越數年起知福州，止帶資政殿大學士。又二年始復觀文殿學士，仍無『大』字，則知建康以後必有落職奉祠之事，而傳皆闕之。世人讀《宋史》者，多病其繁蕪，予獨病其缺略。缺略之患，甚於繁蕪。即有范蔚宗、歐陽永叔其人，繁者可省，缺者不能補也。因讀此志，爲之喟然。」

吴郡圖經續記

宋朱長文著。三卷，舊鈔本。前有元豐七年九月十五日州民前許州司户參軍長文所上序，後有元祐元年臨邛常安民書後，元祐七年大雲編户林虡後敘，元符三年朝請郎通判蘇州權管軍州事祝安上刊書敘，紹興四年漣水孫佑重勘跋。末附元祐元年朝奉郎中書舍人蘇軾同鄧伯温、胡宗下缺數字劄子。內硃筆評點，稱義門先生爲先師，有從宋本校勘處，頗多補正。先君子書後云：「《續吴郡圖經》世間傳本絶少，而此本爲秀水濮自崑先生手校，尤爲可寶。余三十年前嘗偕鮑绿飲遊吴中購得之，珍藏至今。每一展卷，覺古香襲人，後世其善視之。嘉慶辛酉記。」簡莊徵君復以宋本校卷三「修撰程公師益」一條，上補「元豐四年資政殿學士太子少保元魏公絳，正議大夫集賢殿」二十四字，後記云：「嘉慶十一年秋，郣海陳鱣借校一過。時寓中吴别業。」卷一末一行云：淳熙改元琴川徐日新觀於中山書樓。

續吴郡志

《續吴郡志》二卷，舊鈔本。前有戒庵老人自序云：「《吴郡志》以蘇、松東南二府大志也，紀載郡之封域、山川、户口、物産、人才、風俗以至城池、廨宇、井邑、先賢之遺迹，下至佛老之廬皆次焉。二府東南大都，其風土亦已略見於《禹貢》、《周職方》、《爾雅》諸書，如子貢之《越絶》，趙曄之《春秋》，張勃、陸廣微之《記録》，羅處約、朱文長之《圖經》，龔明之輩《紀聞》，紀事則備矣。彙而成書，則有范成大《吴郡志》。由今而觀，范《志》峻而整，雖詳尚有未備者。仙人隱士之居址，名山勝境之出處，庵觀、寺院、橋梁、道路所興起之迹，此皆前志所遺失也，故續其志云。」

中吴紀聞

右六卷，汲古閣刊本。先君子假得校本，命兄壽照録於上。卷首書：「毛斧季從崑山葉九來借得舊録本，乃其先文莊公菉竹堂所藏故物。開卷有文莊名字三印，卷末一行云：『洪武八年從盧公武假本録傳。』此書始自公武訪求校定，復出於世。此同邑録傳之本，宜其可從是正也。」後書：「庚戌穀雨日，借得語古小齋校對本粗臨一過。晚合老人記於南九曲灣寓舍。」又有緑筆，係抱經盧學士所勘。

茅山志

元槧本《茅山志》，每葉二十六行，行二十三字。闕三、四、五、六、七、十四、十五七卷。又文漁先生藏本卷一至卷八，合之得十三卷，其十四、十五二卷終闕焉。先君子書云：「據《六硯齋筆記》，此本的屬句曲外史手寫付梓者，雖吉光片羽，猶宜珍惜。」

元大一統志

元槧《大一統志》殘本，六巨册。自六百十五至七百五十一，中少九十七卷，僅存三十九卷。全卷二十八，不全卷十一，共四百三番。每番二十行，行二十字。字大悦目。其方域則四川彭州、崇寧、濛陽。威州、通化。茂州、簡州，新津。嘉定府路眉州、沔州、蓬州，重慶路、夔路永康。達州，彭水。紹慶路等。先君子跋見《愚谷文存》中[注]。

此書有跋云：「竹汀集跋見南濠朱氏本，凡四百四十三番，每册首有處州路儒學教授印。其方域則河南、湖廣、陝西、浙江等省。元修《一統志》凡二本，一至元二十三年，扎馬剌丁、虞應龍等修，成於二十八年。七百五十五卷。大德初，復從趙忭請，命卜蘭禧、岳鉉重修。按宮詹所見蓋即此本，暘謹按：宮詹《文集》跋又云史以孛蘭肸爲卜蘭禧，譯音之轉也。第六百十八卷『劉易從』作『陳易從』，引《彭州古今録》『唐高宗儀鳳三年』云云」。先君子書條云：「按《新唐書・吐蕃傳》，二百十六卷。上元三年，攻鄯、廓、河、芳四州，詔周王顯爲洮州道行軍元帥，率工部尚書劉審禮等十二總管等討之。李敬玄率審禮擊吐蕃青海上，審禮敗没。無儀鳳三年事，疑工部尚書即易從之父，《一統志》惜未詳其名耳。『陳易從』前《古迹門》九女冢作『劉易從』，此蓋誤作『陳』。然《明一統志》名宦亦誤作『陳』，俟更考之。敬玄此誤作敬立。《通鑑紀事本末》載劉審禮父子事甚詳。」又後易從坐李敬業事云云下書曰：「按劉易從事，《舊唐書》謂李敬貞誣搆而死，《新唐書》謂爲酷吏周興誣搆而死，初不言李敬業。且敬業敗于嗣聖元年，至永昌時已五六載，《元一統志》疑有誤。」

［注］《愚谷文存》卷四《元大一統志殘本跋》：

《元大一統志》，集賢大學士資善大夫同知宣徽院事孛蘭肸、昭文館大學士中奉大夫秘書監岳鉉等纂上。其書於古今建置沿革及山川、古迹、形勢、人物、風俗、土産之類，網羅極爲詳備，誠可云宇宙之鉅觀，堪輿之宏製矣。惜乎明初修《元史》者編纂草草，而「地理」一門尤爲疎略。苟憑此志爲權輿，更加之檢核，庶幾在《宋》、《遼》、《金》之上。乃竟不知出此，何歟？迨永樂中，詔修《一統志》，迄於天順五年，始克成編。大都不過刺取《元一統志》之什一，而其間挂漏舛譌又不可勝計。即如各府州縣廢置沿革一門，《元一統志》正文既詳，復取古今地理各書參互考證，而細注其下。《明一統志》盡變正文爲小注，僅僅摘取數語，其餘概從割棄。雖沿革且都未備，如犍爲縣下，《明一統志》載「宋併玉津縣入焉，徙治懲非鎮，元仍舊。」考《元一統志》云：「宋乾德四年省玉津入焉，大中祥符四年徙治懲非鎮。按縣治在府大江之下，臨江濱，距府百二十里，縣治荒簡無居者。自歸附後，徙玉津鎮。玉津在縣界上，亦臨大江之濱，去府城二十里不遠，距犍爲一百里。」是犍爲于元初已從懲非鎮徙治玉津鎮矣。而所謂「歸附後」者，以前總序中已有「自歸附國朝」之語，故此但曰歸附。且其序述詳明若是，乃《明一統志》猶憒憒焉，幾使讀者至今猶疑犍爲縣之在懲非鎮，寧不可哂乎。又如彭州名宦中之劉易從，按《明一統志》作陳易從。考易從乃唐工部尚書劉審禮次子，其事詳見《通鑑》。《元一統志》偶誤刻作「陳易從」，然古迹九女塚下本作「劉易從」，即屬一人，而《明一統志》亦不能更正。其他訛舛尚多，姑舉其一二。豈復知有所謂考證哉？此書前輩間有著録，亦多舛誤。《國史經籍志》不著撰人名氏。《居易録》作岳璘而遺字蘭肹。考其始末，惟元王士點、商企翁所輯《秘書監志》爲詳，凡修纂歲月、校寫人員、裝潢書畫匠、禄食、繕寫、紙劄、收掌、儲藏，靡不周至，可想見當日之慎重。往嘉定錢曉徵宮詹嘗借鈔南濠朱氏殘本《元大一統志》四百四十三翻，每册有處州路儒學教授官印，其疆域乃河南、陝西、江浙、江西等省。今此僅四百三翻，較朱本又少四十翻，其疆域則止四川一省之彭州、威州、茂州、簡州，嘉定路眉州、沔州、蓬州，重慶路，夔路達州等，且皆闕佚不全。然楮墨精好，並無官印，自是民間流傳之本。地理諸書如宋刻乾道、咸淳兩《臨安志》、嘉泰《四明志》、《會稽志》、嘉定《赤城志》等，至今傳本尚多，矧元刻部籍流於人間又奚可勝計。偶從粥故書者見此，漫憶而識之。乾隆甲辰秋日。

按錢宮詹跋《元大一統志》，謂原有兩本，至元二十三年，世祖命集賢大學士行秘書監事札馬剌丁與秘書少監虞應龍等修輯，二十八年書成，凡七百五十五卷，名《大一統志》，藏之秘府，此初修本也。成宗大德初，復因集賢待制趙忭之請，作《大一統志》。《元史》：「大德七年三月戊申，卜蘭禧、岳鉉等進《大一統志》，賜賚有差」，此再修之本也。宮詹兩本之説，未知所據何書。騫考元《秘書監志》，至元乙酉二十二年。欲實著作之職，乃命大集萬方圖志而一之，以表皇元疆理無外之大，詔大臣近侍提其綱，聘鴻生碩士立局置屬庀其事，凡九年而成書。續得雲南、遼陽等書，又纂修九年而始就，今秘府所藏《大一統志》是也。因詳其原委節目，爲將來成盛事之法。又大德七年五月，秘書郎呈奉秘府指揮。當年三月，也可怯、薛玉德、殿内有時分集賢大學士卜蘭禧、昭文館大學士岳鉉等奏秘書監修撰《大一統志》，元欽奉世祖皇帝聖旨編集，始自至元二十三年，至今才方成書，以是繕寫，總計六百册，一千三百卷，進呈欽奉御覽過，奉旨於秘府如法收藏，仍賜賚纂集人等。據此志，則《大一統志》以世祖至元二十二年開修，首尾共歷一十八年，迨成宗大德七年始成，而卜蘭禧、岳鉉等奏進當即札馬剌丁等奉敕始修之本，未嘗有兩本。此書體大事繁，非十數年纂輯不能成也。宮詹又云，按至正六年，中書右丞相别兒乞不花等奏，《大一統志》于國用尤切，恐久湮失，乞刻印。許有壬奉詔撰序，其文略不及大德重修事，似當時所刻乃至元本，非即此本。竊疑所請刻者當即卜蘭禧、岳鉉等所進之本。按《秘書志》所載纂修、繕寫、俸食、儲藏無不具悉，獨未嘗載及刊刻。蓋此書多至一千三百卷，卷帙既繁，刊板非易，直至至正六年始刊行之事未可知。《秘書志》成於至正二年，故始終未及刻印事，而許序不及大德重修，益可證其無兩本矣。惜此殘帙，無歲月可稽。至其卷數，《國史經籍志》及《千頃堂書目》等並以爲一千卷，殆亦未考《秘書監志》而云然與？

元混一方輿勝覽

《元混一方輿勝覽》三卷，不著撰人名氏。元槧巾箱本。每葉二十四行，每行大、小字俱二十。字畫端楷，紙墨古雅。按《潛研堂文集》跋云：「《元混一方輿勝覽》三卷，無撰人姓名，蓋書肆所刊。其文簡陋，然今時流傳者已少矣。《元史·地理志》大都路領州十，此云州九者，龍慶州本縉山縣，屬上都路之奉聖州，延祐三年始升爲州故也。《成宗紀》至元三十一年復立平陽之芮城、陵川等縣，蓋元初二縣曾廢，此書澤州無陵川縣，解州無芮城縣，可證其刊於世祖朝。而書中又有冀寧、晉寧之名，係大德中所改，則刊成之後別有竄易，要皆書肆射利者爲之，而不自知其抵牾也。大寧路有霍州、景州，史志無之，此書亦未詳其沿革，姑記之以俟考。」余今夏得一銅官印，文曰「景州之印」，當爲河間路之景州。背文曰「宣課行「乙未年三月日造」，無年號，蓋蒙古太宗七年印也。

海寧縣志

《縣志》九卷，明嘉靖間知海寧縣事古亭蔡完所修。首有自序，後有海寧學諭東吴張志跋。此册爲苕上書林家良輔翁所贈，先君題云：「蔡古亭明府《海寧縣志》，在談孺木先生輯《海昌外志》時云其板尚藏庫中，迄今百數十年，即印本且不多見。予訪購有年，昨歲聞梅里李氏有是書，屬苕上吴良輔物色之，今夏始得，卷帙完整，洵足珍也。方良輔之得也，中途有人欲邀之，良甫曰：『息壤在彼』，卒以遺予，竟不持一錢而去，是亦估而有士行者歟！乾隆四十七年立秋前三日，槎客吴某誌。」

海昌外志

談孺木先生所著。不分卷。凡輿地、食貨、職官、建置、選舉、人物、叢談、藝文八門，首自敘及樓鞏、沈升、蔡完序，又許令典及先生所作《趙無聲先生寧志備考引》。先君子有題記數條。

皇祐新樂圖記

《皇祐新樂圖記》三卷，先君子購自吴中。書後云：「《皇祐新樂圖記》，予購之於吴門錢聽默書林，雖近手鈔，亦尚不惡。至『鍾』字即『鐘』字，妄人逐字硃改，可笑之甚。自來古書遭庸妄子任意改竄，不知凡幾矣。乙丑冬日。按《潛研堂文集》謂《宋史·樂志》書以瑗爲大理寺丞。《儒林傳》書樂成遷太常寺丞，與《樂志》異。『太常』殆『大理』之譌。」

直齋書録解題

《書録解題》二十二卷，武英殿聚珍本。盧學士借校，多所補正。凡字畫之不合六書者，悉皆更定，彌見前輩讀書之精審，深可寶愛。簡莊徵君復校補十數條，内卷十二至卷十四、卷十九至二十二，先君子曾得舊鈔殘本。手校于上，後以贈嘉興陳梅軒進士。嘉慶乙丑，簡莊得陳鄉人從梅軒借録本一册，以示先君子，因復録於是本，並書十四卷後云：「予向有舊鈔《書録解題》殘本，後以贈檇李陳進士效曾。效曾官楚中十餘年，移疾而歸，所患乃失心之疾。此書予未有副，求前書一校此本，亦不可得。頃簡莊從吴中購得一本，則有效曾鄉人曾與效曾借予殘本而手校者，惜不知姓氏。考其所校時，迄今已二十有五年矣。因復從簡莊借録於此本，不禁閣筆爲之三歎！嘉慶乙丑，兔床志。」又書廿二卷末云：「嘉慶丁卯仲秋，秀水王稼洲茂才過訪，予出此書示之。其十二卷中所云從同郡陳效曾所借校人之姓名稼洲亦不辨。稼洲名尚繩，尊甫省齋大令，元啟。禾中篤學士也，於效曾爲前輩。」

簡莊跋云：「近客吴中，從書賈購得《直齋書録解題》，係聚珍本，中有朱筆校語，初不知爲何人，及閲卷之十二上有標題云：『借同鄉陳進士熷所藏海寧吴葵里鈔本殘帙校。』始知吾鄉槎客明經曾有舊鈔以遺秀水家效曾進士，而此君復從借校者也。惜乎僅題年月，不著姓名。觀其書法秀麗，亦甚可愛。會予歸里，攜示明經，一見心喜，如逢故人。既爲重録於盧抱經學士手校本上，余復借盧校本傳寫對勘一過，凡改正數百字，并從《文獻通考》補得十餘條，其黄筆者皆是。今而後庶幾可爲善本。因念抱經學士已歸道山，效曾進士久患心疾，而明經之年亦七十有三矣。予得挾書往來，賞奇析義，能無欣感交至哉！按陳振孫《宋史》無傳，《癸辛雜識》别集載『徐元杰』一條，知振孫於淳祐四年官國子司業。又《會稽續志》，浙東提舉題名有陳振孫端平三年二月初六日以朝散大夫知台州兼權，八月正除，十月二十六日到任。嘉熙元年改知嘉興府。是振孫由浙東提舉改知府，厲太鴻徵君《宋詩紀事》作浙西提舉，誤也。《四庫全書總目》又引《癸辛雜識》『莆田陽氏子婦』一條，稱『陳伯玉振孫時以倅攝郡』；又『陳周士』一條，稱『周士，直齋侍郎之長子』。謂振孫始仕州郡，終官侍郎，不止浙西提舉。然檢毛氏汲古閣所刊《癸辛雜識》無此二條，未知《總目》所據何本。且云浙西提舉，亦承厲氏之誤耳。此書有隨齋批注，不書姓名，錢辛楣詹事《養新録》云元時有楊益，字友直，洛陽人。官至撫州路總管，所著有《隨齋詩集》，或即其人。因附書之。嘉慶十年七月，海寧陳鱣記。」

菉竹堂書目

葉文莊公《菉竹堂書目》，鈔本，二册。前有公自序，係從涇東稿録出，間有缺字。後有五世孫恭焕、七世孫國華二跋。每書不記卷數，但書幾册。自序謂《葉氏書目》六卷，今此本不分卷，序後附書厨銘云：「讀必謹，鎖必牢，收必審，閣必高，子孫子，惟學斅，借非其人亦不孝。」可爲世守藏書者之善則。

絳雲樓書目

右鈔本，不分卷。凡上、下二册。首有曹倦圃先生題辭，末有倦翁後跋。

千頃堂書目

《千頃堂書目》三十二卷，杭堇浦太史道古堂藏書。末有太史手跋云：「右《千頃堂書目》，金陵黄俞邰所輯。俞邰徵修《明史》，爲此書以備《藝文志》採用。横雲山人删去宋、遼、金、元四朝，刺取其中十之六七爲史志。史館重修，仍而不改，失俞邰初指矣。元修三史，獨闕藝文，全在《明史》網羅，如《後漢》、《晉》不列此志，《隋書》獨補其闕，不必定在一朝也。歲在辛亥，從曝書亭朱氏購得此本，亟録出以箴史官之失，説者得無笑其迂乎？戊辰六月一日，舊史杭世駿。」又書云：「其中宋人著作係《宋史・藝文志》所遺，非複出也。」

緑飲先生爲先君子購得，復從抱經學士借金陵新校勘補，又從道古堂遺文内補鈔《黄氏書録序》於卷首。内「地理」一門，太史序言增補，先君子以爲還閲此書，又不如所云，疑此外别有一本。復取諸家書目續補，徧書於上，詳《愚谷文存》跋語中[注]。又别紙録抱經學士與其弟書云：「黄俞邰有《明史·經籍志》，原稿體例較好。今《千頃堂書目》乃從此出，雖增添甚多，而雜亂無序，是賈客之賬簿而已。我已先鈔得《書目》，今難於改易，只得將黄志細細校補。所增添小注甚多，并《書目》之所漏者亦間有之。俱補全矣。我晚年要搜尋桑梓人物，并涉吾宗者俱要訪求。」

【注】《愚谷文存》卷四《重校千頃堂書目跋》：

《千頃堂書目》三十有二卷，晉江黄俞邰先生所輯也。先生家多藏書，博聞洽記，嘗以諸生預修《明史》，食七品俸。先是，其父明立監丞有《千頃齋書目》六卷，俞邰稍增廣之。及入史館，乃益加裒集，詳爲注釋，故又有《明史·藝文志》之目，蓋以前之名紹承先緒，而後此云者，欲自盡其職志也。雖不必如向、歆之敘略，蘭臺之授受，要其遐蒐廣攬，亦已勤矣。惜當時不盡見用，唯朱竹垞檢討雅重之，其輯《經義存亡考》往往徵引其說，至於《明詩綜》則凡爵里姓氏以及序次先後壹皆依之，其篤信如此。俞邰既没，遺書散軼，此稿又未經授梓，是以流傳絶少。予屬鮑君以文，物色之數年，始從苕估購得，審視則堇浦先生道古堂藏本也，有其手跋，它日面質之，先生亦不自知其所以然。蓋堇浦晚歲雙足恒不良於行，侍史往往竊架上書以賣，不意此本展轉流傳，仍爲我輩所得，信昔人所謂有翰墨緣者矣。然堇浦本尚多漏略，疑爲俞邰初稿。復借錢塘盧抱經先生金陵新校本勘補，書既加詳，且多序目，似是史局增修之本。未幾讀道古堂遺文，又得《黄氏書録序》一篇，遂亟録之。顧序中言「地理」一門黄氏尚多挂漏已，因取《内閣書目》爲之增補，而予還閲此書，又不如所云，其理殊不可解，豈此外别有一本耶？竊不自揆，間取諸家書目續爲增訂，拾遺補闕，愧非其才，聊以備《四庫》之實録耳。堇浦季年復輯歷代《藝文志》，惜乎卒業未幾奄捐館舍，每欲從之借鈔，訖以弗果。中郎遺籍，不知終歸誰氏之手，爲之閣筆三歎。乾隆乙未重陽日。

讀書敏求記

右刻本四卷，先君子校閲，記後云：「此書未刻之前，最爲難得。錢塘吴尺鳧先生嘗言，竹垞檢討典試江南，與遵王會飲，私屬錢氏侍史竊出一鈔，償以美裘一襲，白金十兩。蓋前輩之好古如此，亦可起敬也。此刻視鈔本間多舛譌，惜未得一校，姑俟異日求之。壬辰四月，某記。」嗣從朱朗齋文學借汪氏振綺堂校録瓶花齋藏本對勘，朗齋書後云：「此爲友人朱秀才映漘手校本，乃振綺堂主人即所稱東軒主人。從家甌亭上舍借瓶花齋藏本屬映漘校勘者。據諸君跋語，其丹黄已不下四五過。然予細閲之，此本之譌舛脱略固多，而振綺本亦未爲盡善。故二本之互異者各書之簡端，俾映漘更加覆校，庶幾二本各歸精當耳。」

又傳録諸跋於卷首：

尺鳧先生跋云：「絳雲未燼之先，藏書至三千九百餘部，而錢遵王此記□□有一種，皆紀宋板元鈔及書之次第完缺、古今不同，手披目覽，類而載之，牧翁畢生之菁華萃於斯矣。書既成，扃置枕中，出入每自攜，靈蹤微露。竹垞謀之甚力，終不可見。竹垞既應召後二年，典試江左，遵王會於白下。竹垞故令客置酒高讌，約遵王與偕，私以黄金翠裘予侍書小史啟鐍，預置楷書生數十於密室，半宵寫成而仍返之。當時所録，并《絶妙好詞》在焉。詞既刻，函致遵王，漸知竹垞詭得，且恐其流傳於外也，竹垞乃設誓以謝之。竹垞既重違故人之命，而又懼此書之將滅没也，暮年始一授族子寒中。余聞之久矣，然知其嚴秘勿肯與。近者校讐諸書，寒中閔予之勞，竟許以贈。余以白金一斤爲壽，再拜受之，亦設誓辭焉。嗟乎！書乃天地大公之物也，然有可傳，有必不可傳，正如修丹者既成，人皆可餌，而烹煉之方，非堅精凝潔者弗能守。然猶可傳者丹之法，而必不可傳者丹之道。大道在人，非其人莫與，則斯志也已。書之卷末，示我後人。康熙五十六年三月十八日，錢唐吴焯。」

□□先生跋云：「此書向惟曝書亭藏有抄本，珍秘不出，先君子以重價購得之。穉翁晚年，力不能守，元鈔、宋刻，雨散雲飛，而此書遂流落人間。吾友趙君用亨爲刻之吴興，卷端冠序一首，借先友傅編修玉笥之名，傅不知也。偶於書肆中見之大怒，且以『舊史官』三字爲犯時忌，徧告當事，欲毁其版。幾允所請，賴先子解紛得寢，然用亨亦因此愧憤，不復刷印示人矣。信乎古今典籍傳與不傳蓋有一定之數，不可强也。乾隆丁巳小除日，錢唐吴城記於瓶花齋。」

又跋云：「絳雲一炬，秘本不可復見。遵王著《敏求記》一書，後人賴之以考證天水，鐫板行世，有功典籍匪淺。當時不乏文人，必借玉笥太史之名以弁其首，較之題碑祝嘏不猶愈乎？玉笥翁何亟亟於求毁耶？斯亦可謂不愛古名者矣。小谷跋，時甲申臘月既望燈下。」右繡谷亭本跋語三則。

朗齋先生記此後云：「此書東軒主人藏本二，一爲吴石倉先生鈔本，二册；一即此本，趙谷林先生藏鈔本，四册，從丁龍泓先生手鈔繡谷亭初校本借鈔者也。其後繡谷先生覆校三次，改抹之處，此本未經是正。乾隆丁亥八月一日，主人從甌亭先生借得繡谷亭本，屬文藻重校，嚮所疑誤者改正凡百餘字，此本洵完善矣。文藻後進末學，何幸得窺先正□修之秘，而私淑老成嗜學之勤，撫卷沈思，愧喜交集。仁和後學朱文藻記。」

先君子書此數跋後云：「右跋凡四則，從武林汪氏振綺堂所藏小山堂舊鈔本傳録。予嘗病刊本多誤，間以硃筆評校，終未能釋然。乾隆甲午，從書局中見此本，因亟假歸覆勘，更有數跋，附録於後，凡録筆者皆是也。旃蒙協洽六月一日，兔床某識。」

尺鳧先生跋云：「遵王撰成此書，秘之篋中，知交罕得見者。竹垞檢討校士江南日，龔方伯偏召諸名士大會秦淮河，遵王與焉。是夕私以黄金、青鼠裘予其侍史，啟篋得是編，命藩署廊吏鈔録，并得《絶妙好詞》。既而《詞》先刻，遵王疑之。竹垞爲之設誓而謝之，不輕授人也。晚年稍稍傳出，江南舊家間有之。予從馬寒中得授此本，惜其字多繆誤，蓋當時半宵寫成，未經校對。其間書雖不多，宋版元鈔，要皆奇秘，真書林之寶也。吾友敬身丁君獲此本於石門吕氏，此又從竹垞已亡後，其家竊録而出，錯誤更多。偶以余所藏本校其大概，尚未盡也。嗟乎！牧翁以十萬金錢購置奇書，而遵王耳聞目見，盡平生之致力，僅載此六百餘種，所謂選其精華，觀者不當以尋常書録視之也。雍正甲辰冬至月廿又六日燈下，焯。」

谷林先生跋云：「是本向吾友丁敬身借抄，有繡谷手校記語，誤繆處十正八九。聞石門袁舒雯家藏善本，俟再取校之。甲辰除夕，小山堂録考畢。谷林。」

又第一册後記語二則云：「雍正甲辰至月，蟫花居士取禦兒吕氏明農艸堂善本手校，是月小盡燈下記。」「丙午秋闈後，以趙用亨新刊本再校。」朗齋先生書此後云：「右二則見繡谷亭本第一册後。乾隆丁亥八月二日，文藻校録。」第二册後記語三條云：「十二月十日校畢，并吕氏本參勘，付城南丁敬身。焯記。」「明年乙巳再校一過，小年朝石門舟中記。」又「明年丙午，吴興趙用亨已將此書梓行。惜其譌字過多，與之校正，又對一徧。此本又改正數字。重陽後二日。」朗齋先生書此後云：「右三則見繡谷亭本第二册卷終，八月三日校畢録於此，以見先正校勘之勤如是也。文藻記。」

也是園藏書目録

右鈔本，一册。不分卷，無序目。

傳是樓宋元版書目

《傳是樓宋元版書目》一册，先君子手寫本。後有黄梨洲先生《傳是樓藏書記》，汪鈍翁、邵青門二先生《傳是樓記》。

傳是樓書目

《傳是樓書目》三册，不分卷，無序。首册總目分四部，以周興嗣《千文》編號，内有黄筆、墨筆補記處。先君子書後云：「《傳是樓書目》三册，雖蝨簡塵編，然上下旁行之注猶是東海手筆也，勿易視之。兔床記。」

又鈔本六册，亦不分卷。知不足齋主人所贈，係緑飲先生手録。

道古樓書畫目録

右鈔本五册，目録一册。先君子記云：「此爲插花山馬寒中上舍所輯，上自三代，下迄有明，凡金石碑版以至法書名畫真迹題跋，靡不甄録。蓋將勒成一書，如《珊瑚網》、《清河書畫舫》之流。此乃其草創總目，上下添注者，猶是寒中手筆。予夙負書畫之癖，恨生也晚，不及與前輩周旋，縱觀道古樓收藏之富。癸卯殘冬，花山後人有持此數帙屬沈吕璜孝廉求售，人無應之者。余遂購之，雖知其殘缺不全，亦以見前輩好古之殷云爾。乙巳杪冬，兔床書。」

延令書目、曝書亭書目、静惕堂書目

右三種合爲一册，知不足齋鈔本。每種後題重録歲月，並鈐「知不足齋鈔本」圖記。先君子書《延令宋版書目》後云："嘉慶乙丑，黃蕘圃刻此目於吴下。"

汲古閣書目

右鈔本，一册。不分卷，無序目。間有説，見各書下。

汲古閣刊書細目、珍藏秘本書目

《汲古閣刊書細目》，子晉先生所記。每部皆記頁數，每類又記總頁數。先君子有補遺一紙夾書中，計王肅注《家語》、王逸注《楚詞》、《羣芳清玩》、《五音韻譜》、《牧雲和尚七會餘録》、《宗本投機頌病遊二刃》、《病遊初艸》、《病遊後艸》等。簡莊徵君又書《羣芳清玩》種數及頁數細目一紙。先君子記其後云："右吾友簡莊所記，予未曾見此書。庚戌暮春，過松陵，楊慧樓進士案頭適有此書，恍焉如對故人。時與簡莊别三年矣。"《汲古閣珍藏秘本書目》，斧季先生所記。每部皆記價值，蓋以書歸潘稼堂先生，此其細目也。凡與時本不同者，略記數條，足資證據。末有從孫琛題語。

元秘書監志

《秘書監志》十一卷，元承務郎秘書監著作郎王士點、承事郎秘書監著作佐郎商企翁同編。首載至正二年聖旨。竹垞檢討序稱《秘書監志》，而書題《秘書志》。先君子書云：「《曝書亭集》作《秘書監志》，『監』字似不可少。」又書目録前云：「此志既用國書，語多鄙俚，而每卷立題尤荒謬不通，恐并非王、商手筆，或後人妄撰此目未可知。惜竹垞、竹汀諸公均未論及。」書卷末云：「丙寅五月，仲魚孝廉爲予從吴中購得此志，其卷數、門類與《十駕齋養新録》所載悉同。惟葉數《養新録》共二百六十五葉，而此計二百六十八葉，豈宫詹所見本尚有闕葉歟？此本舛錯甚多，予雖以意校，終未能釋然。復屬仲魚訪之三吴藏書家，率與此本無異，仍攜以見還。仲魚亦照録一部，弆於紫微講舍。嗟乎！宫詹往矣，誰復與予輩再訂此書耶？嘉慶己巳五月，吴某記。」

拜經樓藏書題跋記卷四

纂圖互注老子

宋本《纂圖互注老子》二卷，卷首序題「太極左仙公葛玄造」。每葉二十四行，每行大字二十、小字二十三。有「方鑾時鳴私印」、「方而怡際明父」圖記。

真經道德指歸注

《真經道德指歸》十三卷，題「蜀郡嚴遵字君平撰，谷神子注」。卷首爲總序並元德纂疏。先君子跋見《愚谷文存》[注]。又別録《四庫全書提要》、《簡明目録》、《渭南文集》、《郡齋讀書志》衢本、蜀本，《讀書敏求記》各條爲一册。《四庫提要目録》云：「曹學佺作《元羽外編序》，稱近刻嚴君平《道德指歸論》乃吴中所僞作。今案《通考》晁氏之言。案此條《通考》所引與今本《讀書志》不同。」先君子書云：「《通考》所引《讀書志》乃衢本，世行板本乃蜀本，故互異也。」又「谷神子注本晁氏尚著録十三卷，不云佚闕。此本載谷神子序乃云陳、隋之間已逸其半，今所存者止《論德篇》，因獵其譌舛，定爲六卷。與晁氏所録亦顯相背觸。且既云佚其上經，何以説目一篇獨存。至於所引《莊子》，今本無者十六七，不應遵之」云云。先君子又書云：「按六卷本《指歸論》，前列谷神子序者，安知非明末人從十三卷中鈔此序以冠卷首，晁氏所云十三卷谷神注今《道藏》尚有之，原未嘗佚闕，所稱莊子曰即君平，以既諱嚴，即稱莊子，誤認爲子甫，殊費詞矣。」

［注］《愚谷文存續編》卷二《谷神子注道德指歸跋》：詳玩書中，似本無「論」字。

右《道德指歸論》谷神子注十三卷，平湖屈含漪茂才所藏舊鈔本。考晁氏《讀書志》云，唐《志》有嚴君平《道德指歸論》四十卷，按《唐書·藝文志》實止十四卷，蓋晁氏誤倒。《谷神子注》十三卷，馮廓注。此本卷數與廓注同，題谷神子而不顯名，疑即廓也。又按錢遵王《讀書敏求記》得其族人所貽錢叔寶家鈔本，自七卷至十三卷，前有總序，後有「人之饑也」至「信言不美」四章，當作六章。與總序相合。焦弱侯作《老子翼》，亦未見此，真秘書也。騫詳玩此本，與也是園所載卷帙相符，明末胡孝轅等取《道德指歸論》六卷，刻入《秘册彙函》，卷末「人之饑也」以下六篇闕。今此本俱全，併可補其佚，宜遵王珍爲秘册，而陸放翁謂玉笈《道藏》書二千卷，以《道德指歸》爲第一也。嚴氏《指歸》既闕一卷至六卷，此本又取唐玄宗《玄德纂疏》冠於七卷之前以補全，豈亦谷神子所爲耶？谷神子注刻本今惟《道藏》中有之，此本亦似從彼傳録者，視卷首編排千文能六、能八字號可見。第魚魯尚多，又若晁氏《讀書志》謂谷神子注，其章句頗與諸本不同，如「以曲則全」章末十七字爲後章之首之類。今此本仍與河上公王弼諸家注本相同，則又不可解。《敏求記》本今歸吴趨黄蕘圃處，安得借《道藏》刻本及蕘圃本合而契勘之，尤爲全媺矣。

晏子春秋

元刻本《晏子春秋》八卷，篇目内如首章「莊公矜勇力不顧行義晏子諫第一」，後同。明時本作「諫矜勇力不顧行義」，不書全題。又篇内按語俱作大字，加圓圍以別之。明時本則作小字，分注於下，與此夐然不同矣。惜首闕半頁。有「書帶艸堂」、「款冬書屋」、「馬叔静圖書記」諸印，紙墨俱古。抱經堂《羣書拾補》云：「劉向《敘録》云定著八篇，二百一十五章。予所見者，明吳勉學本，止七篇，二百三章。今陽湖孫氏星衍得沈啓南、吳懷保本校梓者，分八篇，多十二章，與《敘録》之數適合。」今此本篇章亦同。學士曾借校，並補刻全日於後，書云：「余校《晏子》將竣，吳槎客示余元人刻本，其每卷首有總目，又各標於當篇，今本皆缺目録，以此補之。」

又

明鈔本《晏子春秋》作四卷，卷三後書「萬曆十六年冬吳懷保梓」，卷一後書「崇禎十三年庚辰閏四月初六日校録於雪履齋，仁和郭紹孔伯翼甫識。」蓋即從吳刻本傳録者。末附柳宗元《辨晏子春秋》一篇、《史記·管晏列傳》及《孔叢子》六條。按《文獻通考》引《崇文總目》，《晏子春秋》十二卷，晏嬰撰，原釋《晏子》八篇，今亡。此書後人采嬰行事爲之，以爲嬰撰則非也。錢侗按：《玉海》引《崇文總目》同。《隋志》、《舊唐志》七卷，今本八卷。《書録解題》：「《晏子春秋》十二卷，齊大夫平仲晏嬰撰。《漢志》八篇，但曰《晏子》。《隋》、《唐》七卷，始號《晏子春秋》。今卷數不同，未知果本書否？」蓋《晏子》八卷早佚，後人采嬰行事爲之，加以《春秋》之名。其作八卷者，猶仍《漢志》之舊。此併爲四卷，且篇目不載全文，視前舊刻本漸失古意矣。惟《崇文總目》、《書録解題》俱十二卷，而《四庫書目》及余家舊刻作八卷，疑又經後人併合，以符《漢志》八篇之數也。

曾子

元本《曾子》二卷，内外篇凡十四，每卷題「傳道四子書曾子卷第次」，有達左序，每篇末引宋諸儒説及達左按語。自《大戴禮》中録出者凡十篇，有楊簡注，他若汪晫、趙汝騰、劉清之、章樵、宋鳴梧、曾承業、戴良所編，分見於儲藏家著録。蓋此書原本早佚，諸家各據當時所傳之本互有編輯，卷第分併亦各不同耳。

荀子

元本《纂圖互注荀子》二十卷，每葉二十二行，每行大字二十一、小字二十五。序目不全。盧學士校刻《荀子》，曾借校其讐校。學士舊刻敘此書云：「元刻《纂圖互注》本。此乃當時坊間所梓，脱誤差舛，不一而足。然正以未經校改之故，其本真翻未盡失，書中頗多采用。」

吕氏春秋

《吕覽》二十六卷，元刻本。卷首有遂昌鄭元祐序，序後有「嘉興路儒學教授陳泰，至正十下缺。吴興謝盛之刊」一行。每葉二十行，每行大小字俱二十。有「南書房史官」、「海寧查慎行字夏重又曰悔餘」、「得樹樓藏書」諸圖記，蓋曾爲初白先生收藏。序首缺半頁，先生手書補全。先君子識簽云：「此元初刻本，序文前半頁乃查初白先生手筆鈔補，真如白獭髓矣。兔床志。」前副頁附松靄先生手札云：「《吕覽》卷二十一《慎行論》中有緩氣之説，不獨元板，明板亦不删，已檢得矣。籠口之説，大約在《淮南子》注中，弟處《淮南子》乃明刻本有批點者，注極略，鄴架所儲或係别本，望便中查示。再，《吕覽》匆匆閲過，但縱目力所至，恐尚脱漏，並乞留神再檢爲感。」

太玄經

宋本《太玄經》十卷，後附王涯《説玄》五篇，《太玄經釋文》一卷，萬玉堂刊本。有「右迪功郎充兩浙東路提舉茶鹽司幹辦公事張實校勘」一行。每葉十六行，每行大、小字俱十七，中多缺筆避諱之處。有「子孫保之」、「太師趙氏世德堂印」、「長川吴氏」諸圖記。盧學士借校，原缺三卷，學士影鈔補全，摘録陸績《述玄》數行於首頁，並記云：「又有《説玄》五篇，唐宰相王涯字廣津纂。又有《太玄經釋文》一卷，注云，此本自侯芭、虞翻、宋衷、陸績互相增損，傳行於世，非後人之所作也。」

按是書紙色甚舊，每卷署「晉范望字叔明解贊」，卷末有云：「楊氏本自《玄首》已下至《玄告》凡十一篇，並是宋衷《解詁》、陸績《釋文》共爲一注，范望采二君之業，折衷長短，或加新意，就成此注，仍將《玄首》一篇加經贊之上，《玄測》一篇附逐贊之末，餘自《玄衝》以下至《玄告》九篇列爲四卷。三家義訓，互有得失，以待賢者詳而正焉。」

卷三後先君子書云：「嘗收得萬玉堂舊刻《太玄經》，紙墨頗佳，前葉印記纍纍，蓋橫塘吴氏曾藏之。惜前闕三卷，無從物色。錢塘盧紹弓學士續補《方言》時嘗借觀之，亦惜其不全。閲數年，學士掌教晉陽，偶借得全本，因憶及予家缺卷，亟令楷書手爲補録三卷，從數千里外寄余，俾成完書，其好古懷友之心均非近人中所有也。爰識於此，俾後人知是書獲全之始末云。乾隆癸卯夏仲，兔床吴某。」

賈子新書

右《新書》十卷，明正德九年陸良弼刊本。有黄寶序。先君子以欽遠猷校本過録於上，每卷首題「新雕賈誼新書」，下題「梁太傅賈誼撰」。目録後有「建寧府陳八郎書鋪印」一行，前有「袁氏宋本校過」一行，並補《審取舍篇》於《過秦》目下，係以何孟春跋語及己亥三月遠猷題記。又卷末書云：「《賈子》世無善本，互有訛缺。今集彬陽何氏本、長沙本、武陵新本及此本，參相去取，得正其十之四五。不可考者，仍闕以俟别本更訂。己亥三月十有二日，燈下書。遠猶。」按遠猶即欽遠猷，抱經堂盧氏本所稱「李空同本，正德八年刻，後有欽遠猷者，不知何時人」是也。又謂何氏於文義不順者頗加竄改，又於《過秦論》後補《審取舍》一篇，乃録《大戴禮察篇》全文，今不用。其宋本當即盧氏所謂建本，明毛斧季、吴元恭皆據以改近世之本者是也，以有建寧府陳八郎一行，故稱建本云。

又

右盧氏抱經堂本，先君子以明刻大字本校，至二卷止。記前云：「乙巳夏五，有書賈持明刻《賈子》一部，欲售於予。先爲汪氏映月軒所得，因借閲之。其字視今時本頗大，前有黄寶序，已不全，似即所謂陸良弼在長沙所刻本。是日手校二卷，屬有事未竟，他日當再借以卒業也。槎客記。」又書卷末云：「抱經學士校刻此書，具費苦心，可謂有功於長沙者。某嘗觀明何燕泉《餘冬序録》中述《賈誼新書》數條，語甚詳。燕泉并有校定重刻本，書此以俟他日更訪求之。辛未人日，兔床又志。」

風俗通義

《風俗通義》十卷，前有邵自序，元大德丁未大中大夫行都水監李果序，後有宋嘉定十三年東徐丁黼跋。卷首題「大德新校正風俗通義」。每葉二十行，行十六字。即抱經堂《羣書拾補》所稱大德本者是也。《拾補》載李跋作「李晦」，與此異，尚有謝居仁跋，此本無之，而有嘉定十三年丁黼跋，知此本從宋本出也。按謝序「予觀風西浙，至無錫，有耆儒李顯翁晦來訪」云云，據此，李字顯翁，則當名晦，此本作「果」，疑誤。王西莊光録所藏大德本亦作「李果」。

説苑

《説苑》二十卷，宋刻本。每葉十八行，行十八字。卷末題「咸淳乙丑九月鄉貢進士直學胡達之眎役，迪功郎改差充鎮江府府學教授徐沂、迪功郎特差充鎮江府府學教授李士龍命工」一條。

仁和孫頤谷侍御跋云：「海昌吴兔床先生以宋本《説苑》見示，乃咸淳乙丑所刻。予取以校叢書程氏榮刻本，其《立節篇》云：『比干殺身以成其忠，尾生殺身以成其信，伯夷、叔齊殺身以成其廉』，程本脱尾生句，則與下文舉忠、舉信、舉廉之語不應。又《復恩篇》蘧伯玉得罪於衛君一則，程本所無。此舊刻之可寶。然予尚有疑者，晁氏《郡齋讀書志》敘《説苑》篇目，避宋孝宗諱，易《敬慎》爲《法誡》，而此本不易。且李善《文選注》及《太平御覽》諸書所引《説苑》間出今二十五篇之外。王厚齋南宋人也，撰《困學紀聞》，引『晉靈公造九層臺，荀息上書求見』云云，此本亦無之。則是書之闕佚者多矣。校勘既竣，因還其書，而録所疑於後。甲辰二月，仁和孫志祖跋。」

吴門黄蕘圃主事跋云：「此咸淳乙丑九月重刊本《説苑》，拜經樓藏書也。余友海寧陳君仲魚知余新得宋刻廿二行廿字本，較諸本爲勝，因取是本相示。余校讀一過，與向所見顧抱沖本相同，而字之正誤，彼此互異。當是版有原與修之别，印有初與後之殊也。其妙處，卷四《立節篇》有『尾生殺身以成其信』一句，卷六《復恩篇》多木門子高一條，自明天順本以下皆無之，則信稱善本矣。惟是卷八陽貨得罪條，多『非桃李也』四字，余本爲然，與紹弓盧學士《羣書拾補》引《御覽》合，此猶失之。其他與余本異者亦復彼善於此，此真宋本之乙邪。内闕第十四卷，向未標出，惟抱沖本可補。抱沖本亦闕八至十三卷，此本可補。惜抱沖已作古人，拜經又居他邑，彼此鈔補爲難耳。丁卯小春望日讀畢，復翁黄丕烈。」

是本紙墨古雅，每卷末有「黄素亭藏書」圖記。第十四卷從别本鈔補。先君子書孫跋後云：「甲辰春，偕丁小疋學博過頤谷侍御齋，予以宋版《説苑》眎侍御，旋爲予作跋，屈指今十載矣。癸丑夏，展閲此書，并録其跋於卷後，因識。」又云：「此書爲吾鄉陳茂才以岡舊藏，予用善價購得，兒壽照甚愛之。丁未春計偕入都，攜之行篋，舟車往返，未嘗暫離。不意旋染目眚，廢書者四五年，展閲此書，慨焉寤歎。」

帝範

右四卷，《知不足齋叢書》校刻本。緑飲先生記面頁云：「第三次校修。」先君子又爲覆勘，書後云：「戊戌冬夜，横河舟次，用吴郡黄省曾嘉靖己丑刊本讎勘，凡拈出八十餘處。」

近思録、續録

《近思正續録》二十三卷，宋刻本。每葉二十六行，每行大字二十四、小字二十五、六字不等。紙墨精雅。有「東谷」、「武原鄭氏」圖記，蓋端簡舊藏，彌足珍重。

太平廣記

右明刻本□十□卷，簡莊先生依宋本手校。先子跋云：「此明刻本《太平廣記》，爲譚愷開雕，較世行坊刻猶有古意。卷首有『郁逢慶』、『叔遇』圖記。按叔遇嘉興人，性喜收藏書畫，崇禎中嘗手輯古今名人法書名畫《題跋記》正、續各十二卷，可與汪氏《珊瑚網》、孫氏《庚子銷夏記》相頡頏，惜未有爲刊行者。此書間有闕番，皆郁氏原補，而陳仲魚孝廉復依宋板爲予手校一過，尤可爲插架之良本矣。嘉慶癸酉立春日，八十一叟吴某志於西簃。」

纂圖互注文中子

宋本《纂圖互注文中子》十卷，前有《文中子纂事世系年表》一篇，題「河汾肆子王壬」，無目録，有阮逸序。末卷《敘篇》後爲杜淹《文中子世家》、《録唐太宗與房魏論禮樂事》、《關子明事》。《書録解題》云《唐志》五卷，今本第十卷舊傳以此爲前後序，王福畤《王氏家書雜録》等。此本與前《纂圖互注老子》同，紙墨俱佳。有「海昌馬思贊印」、「中安一號漁邨」圖記。

鑑誡録

《鑑誡録》十卷，影宋鈔本。先君子書後云：「右《鑑誡録》十卷，後蜀東海何光遠輝夫所撰。晁氏《讀書後志》謂其在唐證中纂輯，唐證未詳其義，觀所紀多唐末五季及西蜀時事。昔朱竹垞檢討嘗得宋槧本，乃項氏天籟閣舊藏，首闕劉曦度序。此本從金閶宗人伊仲借録，蓋影宋鈔也。劉序亦無，間多闕文。聞桐鄉金雲莊比部新購得宋刻本，亦有闕文，未知與此本同否，當更借校之。乾隆丙午閏七月十五日，兔床吴某識。」

文心雕龍

胡夏客曰：「《隱秀篇》舊脱四百餘字，余家藏宋本獨完。丁丑冬，復得崑山張誕嘉氏雅芑緘寄家藏鈔本，爲校定數字，以貽之朋好。」夏客字宣子，海鹽人。孝轅先生子也。然據所録補四百餘言，尚不無魯魚，爰復爲校訂，録於簡端。槎客吴某記。

澠水燕談録

右十卷，明商氏《稗海》刻本。緑飲先生於乾隆甲辰、嘉慶壬戌兩次從宋本校，均識歲月於後。丹黄排比幾徧，并於卷首補録紹聖二年自序。先君子書云：「《稗海》中所刻書多芟節譌謬，而《澠水燕談録》

其尤也。往嘗見吾友鮑緑飲有宋本，最善，未及借校，時往來於心。頃緑飲特爲予取是本而手校數過，遂成善本。後人其珍之。倘有好事者依此重刻，則更藝林一快事矣。癸亥三月，兔床吴某志。時年七十又一。」原本忠、孝、才、識爲四卷，依宋本，卷五「高逸」一門仍是第四卷，以下遂遞差一卷。先君子記後云：「前原序自云十卷，今據緑飲所校則止有九卷，豈此下尚少一卷乎？當更叩之參軍耳。」

雲麓漫鈔

《雲麓漫鈔》十五卷，先君子從知不足齋借本傳録，手自校正，用硃筆。並屬朱巢飲先師校，用緑筆。十卷後有緑飲先生跋云：「《雲麓漫鈔》刻於商氏《稗海》者祇四卷。此本傳自趙氏小山堂，較商氏所刻已多過半，而《宋詩紀事》及《南宋雜事詩》所引李易安《投翰林學士綦崇禮書》不在焉，然則此尚非全書耶？更當覓善本訂正之。乾隆壬午端午後一日，知不足齋識。」又云：「曹彬侯跋《清波雜志》云，《雲麓漫鈔》二十卷，則此亦僅有其半耳。丙戌五月廿有九日，蘆渚寓舍書」。又書十五卷末云：「乙未十二月十二日，得十一卷至十五卷于小山堂，李清照啓載十四卷中，觀自序，則此書祇十五卷。曹所云二十卷者，恐未足據耳。」

先君子書後云：「庚子夏日，從緑飲借得《雲麓漫鈔》十五卷，因爲傳録，並倩朱君允達校而藏之拜經樓。按此書《書録解題》亦作二十卷，又續鈔二卷，乃《中庸説》及《漢定安公補記》，然藏書家率未聞有，豈不傳耶?俟續訪之。吴某。」

簡莊徵君從予家借録,跋云:「嘉慶十一年夏日,從拜經樓借得是本,攜至吴中,今年春始得倩人傳鈔,甫竟,遂手録緑飲前後三跋并拜經樓主人所跋所評,細校一過。至吾師朱子,則稱『師云』以别之。適緑飲扁舟過吴見訪,相與把玩,爲之一快。且謂余曰,此書尚缺圖數頁,故未刻入《知不足齋叢書》。緑飲年八十矣,尚健飯,行不扶杖。時攜書卷往來杭、湖、嘉、蘇數郡間,其好古清興正復不異昔日也。嘉慶十二年四月望日,郭海陳鱣記。」

容齋五筆

右影鈔舊本,原有硃筆評校。先君子復借知不足齋所藏義門先生評校本過録,書後云:「乾隆辛丑春日,借鮑君以文遊武原,有書估謁予舟次,攜鈔本《容齋五筆》求售,有硃筆評校,蓋陳宋齋先生筆也,因酬以直得之。復從鮑君借所藏何義門先生評校本,用藍筆點次。鮑本末復有鈞溪煦跋,不具録。壬寅冬日,兔床吴某識。」義門跋云:「前四《筆》皆十六卷,而此止於十卷,蓋未成而公已□□□之已五年,今始粗閲一過,予之廢學,亦可見矣。去年□□□□書頗多,咸以爲非計,不知都下借書至不易得也。冬間□□□滯大定精舍,鄉人以會試至者誚予曰:『所攜書亦曾看過□□否?』予愧謝之。然能於半歲中閲三四千卷,雖古人或難之,鄉人殆不識甘苦之語,以警予之惰則可耳。又五月二十一日,沂州奈園書塾書。屺瞻。」「康熙乙未十二月，重閲□□中至正月三日而畢，去甲戌客臨沂時已二十餘年矣。予精神日已向衰，讀書所向抵滯，聰明非復當□□□之，留示餘兒少小當早自鞭策也。」

默記

《默記》一册，巢飲先師手寫本。先君子校並録朱朗齋、鮑緑飲二先生校文于上，記簡端云：「朱、鮑校俱用硃筆，兔床校先用紫筆，繼用緑筆。」後有葉石君跋，謂湖賈攜舊鈔本至，先爲林宗取去。林宗本尚有《五總志》。

鮑跋云：「《五總志》，南宋吴迥所撰。世多未見，予近始得之。因自歎躭書之癖不減昔人，所恨林宗、石君輩不見我耳。乾隆甲午秋日，廷博。」

朱跋云：「甲午九月廿五日，鮑緑飲以此本屬爲校勘，因合汪氏飛鴻堂、汪氏振綺堂藏本互勘，三本皆善矣。朱文藻。」

又鮑跋云：「朱君映漘校訖見還，予取飛鴻堂本重勘，復是正數十處。然飛鴻堂藏本不佳，尚有譌脱，無從改定，亦一恨也。九月二十七日，燈下記。」

先君子跋云：「明日，海昌吴某復從知不足齋主人借觀，據其所見，筆之簡端，又不下數十處，而此外譌舛者亦尚有數處，終未能釋然。此昔人所以有風庭掃葉之歎歟！」又跋云：「癸巳歲，予借得以文本，吾友朱君雲達爲予手鈔，且以意改其亥豕，藏之篋衍。今予又得朱、鮑二君從汪氏二本校過者。凡此一書，合四家藏本，經四人手眼，吾輩之好書可謂勤矣。他日以示雲達，當更爲之忻然也。甲午十月二十七日，横河舟次，兔床再志。」

簡莊徵君從予家借鈔，書後云：「丙申七月二十七日，余從拜經樓借閲，因亟命胡生鳳苞鈔之，至八月二十七日鈔畢。其諸家校本仍照各色書之，更有一二改正處則用黄筆。合觀之，恍似文通夢中五色筆矣。鱣識。」「吾鄉有王性之廟，不知即撰《默記》者否，俟考。卷後有葉石君跋。按石君名萬，吴之東洞庭山人，晚家琴川，聚書數萬卷，多手校過。余每思其人，近日修地志者不載其姓氏，殊恨事也。所云《五總志》，當更從録飲處借鈔。仲魚載筆。」

吴禮部别集

右鈔本，一册，先君子從知不足齋借録，書後云：「乾隆丁未秋仲，從鮑君以文借鈔。按卷首題『卷一』，而尾書『卷下終』，書則止一卷，且書中有云『詳下卷』而未見者，疑尚有闕佚，當面質鮑子。某記。」

麈史

鈔本《麈史》三卷，先君子手校本。按《抱經堂文集》書後云：「記其本朝君臣事迹，頗可以資考鏡。

彦輔初受學於鄭介夫，又嘗執經於胡翼之，其師友多賢者，故此書在宋人説部中爲最醇。」又謂假得虞山毛黼季校本，自言得三本參校，而以何元朗所藏爲最善。此書舊有作四卷者，雖篇葉稍均，然非其本來也。故今所鈔仍依三卷之舊云。此本亦三卷，未知視元朗本何如？當更訪之。

羅氏識遺

舊鈔本羅子蒼《識遺》十卷，後有隆慶三年姑蘇吴岫跋。簡莊徵君從先君子借校，書後云：「嘉慶十五年十二月既望，從拜經樓借得是本，攜至吴門，以五硯樓袁氏鈔本校勘一過，補正良多。彼本亦誤者，未敢擅改，俟得善本再校也。郭海陳鱣記於石泉古舍。」

離騷草木疏

右舊鈔本，四卷，後有仁傑自跋及方粲跋，末列張師尹、杜醇、吴世傑校正銜名。

紺珠集

右鈔本，十三卷，龔氏玉璽瓏閣舊藏。有田居校及江聲借閲題記。周耕厓先生曾從先君子借校，跋云：「歲甲辰，客都門，分校續寫《四庫》書。中有《紺珠集》十三卷，原本字句錯誤不可讀，爲校正二千餘字，重寫送館，另録爲四册藏之。王疎雨時爲吉士，見而借鈔其前三册，已歸。會其改刑曹，後一册久未鈔竟。丁未秋，將南旋，屢趣未得。念是書流傳甚少，不欲令棄前功，而行篋所有非足本，攜歸亦無用，乃以前三册併付之。其郎慶嵩嘗從予遊，屬鈔訖寄還，閲今八載，杳不通問。每一念及，未嘗不悵悵也。去夏，兔床七兄出此見示，欣然如遇故人。前有『横河龔氏玉𤫊瓏閣珍藏』圖記，又有『龔稼邨秘笈之印』，校者爲田居，爲江聲。兔床云，稼邨、田居皆錢塘龔蘅圃先生翔麟自號。玉𤫊瓏本宋花石綱故物，今尚在横河姚氏宅。江聲則金觀察志章別字，蘅圃友也。其本亦不免訛字，然視原本則善矣。其異者，彼前題朱勝非撰，而此無明文，又多天順間賀、榮二後序耳。假歸踰年，事冗，今始竟讀一過。其書汰繁摘要，便於檢閲。衰拙善忘，正苦無記事珠，回憶旅牕矻矻樂此不疲，自度已不能復爾，而手校之本遂乃無可追索，惜哉！乾隆六十年乙卯七月十八日，耕厓周廣業書。」

墨志

宣城麻三衡著，金壽門先生手寫本。内載元時造墨宜興潘材仲，先君子書云：「某按，元時宜興多造墨名手，若吴國良、吴善、李文遠、陶得和、湯生不知其名，並見倪高士集中，贈詩甚多。然則此書所遺漏者不少矣。」《墨志》一卷，明季宣城麻氏孟璿撰。凡分九類，徵引賅詳，論説古雋，似兼李氏《墨譜》、陸氏《墨史》之長。考孟璿名著復社，屯帥姑山，兵潰被執，死甚烈，蓋節義之士。其緒餘故自足傳，所作韻語已略載竹垞《明詩綜》，而《墨志》未見諸家著録。近惟知不足齋所刊《墨史》中偶一附注，亦希世之書也。此舊鈔本，傳自冬心先生，魚豕甚多，先祖亦嘗校閲，未及細勘。今春，因蔣茂才生沐欲刊入叢書，復悉心參校一過，尚虞踈謬，俟明眼者再審之。道光戊戌孟夏，之淳謹識。

疑獄集

《疑獄集》三卷，前二卷和凝編，後一卷子巙續。首有巙序及杜震序。此鈔本，乃吴氏太初所録，有其圖記。太初書後云：「此册乃余友鮑以文得於石倉吴氏，前頁有朱檢討手書『竹垞鈔本，康熙戊子閏月奉寄池北書庫』，蓋録以寄漁洋山人者也。按《歸田録》載魯公與馮相道在中書省，問鞾直，詬責小吏，良久，及馮相語明，哄堂大笑，其素性褊急可知，而用刑一節，能采古人精察得情者爲《疑獄集》，以當韋弦之佩，亦可謂好學深思者矣。子顯仁中允繼父志，彙成百條，勒四軸，今存六十六條，分上、中、下三卷，蓋佚去四分之一云。辛巳小春月，太初吴長元書於留耕艸堂。」

三器圖義

右録《説郛》本，先君子手校。

岳陽風土記

右一卷，明許嶽重刻本。有淳熙六年劉谷豎跋，明嘉靖甲辰陸珊、徐學謨二後序。

誠齋詩話

右舊鈔本，一卷，曹氏古林書屋藏本。有「檇李曹氏藏書印」、「曹溶」二圖記。

萬柳溪邊舊話

元尤玘君玉撰，舊鈔本。末有曾孫實、七世孫晉二題跋。

百寶總珍集

右舊鈔本，十卷，不著撰人名氏。

宣德彝器譜

右三卷，宣德三年吕棠奉敕編次，舊鈔本。

法界標旨、乾坤體義

二種合爲一册，釋智貴輯，廣溱校梓。明萬曆間余永寧重刻而序之。書各三卷。

勾股矩測解原

右二卷，姚江黄百家原名百學。主一所著。卷首有「沈廷芳印」、「椒園」二圖記。

茶經

《茶經》三卷，簡莊先生鈔本，校正見遺。先君子書籤云：「善本，簡莊贈。」原本作卷上、卷中、卷下，此作卷之一、二、三，每卷前有總目。

珩璜新論

《珩璜新論》一卷，先君子從畢氏鈔本補録七條，書後云：「乾隆乙巳殘冬，有書賈攜散浦畢氏舊鈔本《珩璜新論》來，書分四卷，末後多數條，因命史補録。按晁氏《讀書志》載《孔氏雜説》一卷，或云即此書，果爾，則一卷者乃舊本也。」簡莊徵君復以所得木互勘，書後云：「孔平仲所著《談苑》，説部中多有刻者。

《珩璜新論》流傳絶少，近從南匯吴稷堂座師處得一舊鈔本，中有竹垞圖記，凡遇宋朝故事俱空一格，知出自宋刻。其書亦作一卷，不分爲四，但前有缺葉，後亦少數條，又多誤字，因從拜經樓借得是本，補鈔所缺，復互校一過。是本舛錯亦多，甚有脱落數行者，可見傳寫之書，非經校讐，猶之蕪田不治也。校畢遂題其後而歸之。嘉慶十八年二月既望，陳鱣書。」

蘆浦筆記

《蘆浦筆記》□卷，鈔本，爲同邑林善長先生所藏，有其手校及按語親筆，又有「漁洋山人借觀」一行，評語三條。末有昌詩後跋及龔蘅圃侍御田居跋，謂此帙借鈔於黄俞邰家者，與郁氏東歗軒藏本當無大異，惟少按語一條而多昌詩後跋及龔跋耳。先君子審定，復經簡莊徵君借鮑氏知不足齋本校。今歲重陽，徵君又於吴中黄蕘圃主事處見所藏舊鈔，合校家枚庵先生手鈔本，内第五卷趙清獻《充御試官日記》多三月三日、四日、五日事，第八卷「立起行伍」爲「趙立起行伍」，又卷四「巴丘」條下多「以鄉得名，今撫州崇仁」九字，爲向來諸前輩所未及者，並詳蕘圃主事跋語中。其餘字句之同異更難枚舉。徵君得之，以校知不足齋新刊本，歸而見示，聆受之下，獲益宏多，因照録於是本。是本字句行款多與黄本同者，然脱誤尚所不免，得此校補，洵稱完善矣。惟緑飲先生甫歸道山，不獲補刊，當屬嗣君清溪上舍附刻校勘各條於後，以竟先生之志。而先君子手澤所存，未及以是相質證，敬展遺編，悲慟正無已爾。

霏雪録

右鈔本二册，無序目，不分卷。後有胡謐、張文昭二跋。先君子題辭見《愚谷文存》[注]。此復録《明史》本傳於前，記云：「余既手校《霏雪録》，復從萬季野先生《明史列傳》稿見《鎦績傳》，亟録於卷首。績字世熙，别本皆作孟熙。唐、鎦、毛、蔡亦見《浙江通志·毛鉉傳》。壬申十月望，槎客又志。」是本爲緑飲先生所貽，有「世守陳編之家」、「老屋三間賜書萬卷」、「歙西長塘鮑氏知不足齋藏書印」三圖記。

［注］《愚谷文存續編》卷二《霏雪録題詞》：

今春，偶從書舟收得舊鈔《霏雪録》上、下二册，前無序目，不分卷。末有胡謐、張文昭二跋，亦不言若干卷。按《千頃堂書目》但載鎦績《霏雪録》，亦不著卷數，豈當日本未編次邪？其書於元季明初諸公緒言佚事摭拾頗多，而考核論議皆詳允不支，雖有一二偶不檢照，如以柳公度之壽爲子華之類，要不足爲全璧之瑕。在明人説部中洵爲簡覈可觀，故著録家往往采引其書。惜展轉傳録，其中舛譌脱落，不勝悉數。予間從通介叟借得小山堂舊鈔本細校，即此本是也，然譌舛大略相同。聞仲魚孝廉言黄蕘圃主事有藏本，當更從借校，庶幾可稱完善耳。通介叟鮑姓，名廷博，歙人。世所稱知不足主人者也。與予以文字交垂五十年，君長予五歲，知予愛《霏雪録》，即檢以見貽。觀其手校，筆畫端謹挺秀，無異少壯，誠可謂熙朝之人瑞矣。并記於此，以示勿諼。後有得者，尚其珍之。嘉慶壬申曝書日，書於小桐溪之後富春軒。時年八十。

棗林外索

舊鈔本《棗林外索》三集，不分卷。每集有目録。談孺木先生著。首有甲午秋七月自序。

董令升遺事附歸廬陵日記

右鈔本《令升遺事》，首李心傳《繫年要録》、《宋史·禮志》二篇，後列《書録解題》弁所著各種一條。先君子記云：「弁所著又有《嚴陵集》九卷，天一閣藏本，見《全書總目》第一百八十七卷。又《直齋書録解題》有《侍兒小名録》一卷、《續》一卷，序題朋溪居士而不著名氏。始洪炎玉父集爲此書，王銍性之、温豫彦幾續補，今又因三家而增益之。或云董彦遠家子弟爲之。某按，彦遠爲逌之字，則此二卷亦弁所著無疑。今此書未見有專行本，惟明商濬刻《稗海》中有《侍兒小名録拾遺》一卷，題宋晉陽張邦幾撰。但陳氏又曰，且爲分類，其中多用古字。今《稗海》本不分類，亦不見有古字，似經後人竄削，非復令升之舊矣。」卷末附朱翌和令升詩，跋云：「某按，《董令升集》罕傳，故原唱不可見。右數首從《灊山集》録附此，殆令升守新定時唱和之作，蓋長孺紹興中嘗僑居桐江也。令升又嘗有《淵明先生集跋》，惜未見。」此册後又附鈔周益公《歸廬陵日記》，起隆興癸未三月甲辰，止是年六月壬申。先君子記云：「全集第一百六十五卷摘録宜興事。」

日知録

亭林先生《日知録》初本八卷，後附《譎觚十事》，符山堂刻。先生書前云：「愚自少讀書，有所得輒記之。其有不合，時復改定。或古人先我而有者，則遂削之。積三十餘年，乃成一編。取子夏之言，名曰《日知録》，以正後之君子。」又自序「上章閹茂之歲，刻此八卷，歷今六七年，老而益進，始悔向日學之不博，見之不卓，其中疏漏，往往而有，而其書已行於世，不可掩。漸次增改，得二十餘卷，欲更刻之，而猶未敢自以爲定，先以舊本質之同志」云云。先君子書第八卷「九州」條下云：「某按，此二則，今刻全本《日知録》中不載，殆因閻百詩有駁正之語，故亭林遂削去之耶？詳見《潛邱劄記》。」

又

右潘稼堂先生刻，三十二卷。先君子以初本校，並有按語。又録閻潛邱《補正》及同邑許仲韋先生評語於上。

又舊鈔本

右鈔本，三十二卷。先君以校刻本，頗多增益，書後云：「丙午秋日得此，書以志意。」簡莊徵君借校記云：「戊辰夏，自吴門至虞山，較閲一過。」

菰中隨筆

右鈔本，三卷，先君子校閲，有按語。復經胡維君、陳簡莊二徵君借閲，維君先生有粘簽數十條，後附《詩律蒙告》數葉。先君書云：「自稱《詩律蒙告》一卷，而此只寥寥數條，恐非全本。」

潛邱劄記

鈔本《潛邱劄記》七卷，後附《日知録補正》一卷，先君子評閲，跋云：「亭林先生於上章閹茂歲先刻《日知録》八卷，板藏符山堂，後附《譎觚十事》者也。晚年更自序之，以爲中往往多疏漏，且書已行於世，不可掩。漸次增改，得二十餘卷，欲更刻之，而未敢自以爲定云云。今世所行《日知録》三十二卷，乃潘稼堂太史手定而付梓者，然視未刻時原本已不無異同矣。潛邱所見者猶是初刻本，所補正已如此，使見全本，其舉正又當何如耶？吴某記。」又云：「潛邱之學，大約欲與玉峰抗衡，而經濟終不及，淵博亦遜之，錢塘馮山公嘗有《潛邱劄記舉正》若干條，見《解舂集》。壬子春又記。」

考正朱子晚年定論

右二卷，孫退谷先生著，有其自序。此鈔本，錢緑窗處士書後云：「退谷著書甚富，以《考正晚年定論》爲第一，顧當時雖曾鏤版而流傳頗少，遠近積書家罕有藏弆者。友人吴君子安偶於舊書中檢得，一日語次及之，遂假以歸，亟讀一過，見其考訂精確，陽明復生，不能不服。夫退谷本以該博稱，而能留心正學，息邪距詖若此，殊不若邇來博綜家沾沾於無用之辨，不急之察，語及程、朱，輒笑爲腐且陋也。卷末所載羅公書殘缺不全，爲考整庵遺集補完焉。緑窗錢手録一本，藏之笥篋，謀重鋟梓，以廣其傳。馥書。」

西崑發微

右舊鈔本，三卷，吴殳著。首有自序及朱鶴齡序，後復自係跋語。

榕城詩話

右三卷，國朝杭世駿著。有汪沅及杭自序，全祖望長歌，先君子校，並有案語。

東城雜記

右二卷，國朝厲鶚著。有杭世駿及厲自序。先君子手校，記簡端云：「《東城雜記》二卷，從知不足齋借鈔，緑飲言此尚非足本，惟郁陛宣茂才東歗軒藏本最佳，當更求勘之。甲辰秋七月，曝書日記。吴某。」又云：「乙巳歲，吴門宗人枚庵借録，又爲勘出數處。」簡莊徵君書云：「嘉慶十四年冬日，陳鱣借録于吴門寓舍，并校一過。時方得樊榭徵君所著《玉臺書史》，因與拜經樓主人交易而觀，各鈔副本云。次年春正月，鱣識。」

又韓隨筆

右鈔本，一册，題「隨筆癸亥集」。前有叔紹貞序，稱爲又韓姪，而不著姓氏。先子跋云：「《癸亥集》一册，近從苕賈得之。據序稱又韓所撰，又韓未詳其姓名，似是禹航人，曾任麻城令，觀其書亦一超覽之士。周芚兮大令讀之，謂予曰：『明人著書大概有二種，一爲升庵派，一爲眉公派。《癸亥集》蓋眉公派也。』周之語雖如此，然視世之但知以爛熟八比取功名者不大有間哉？戊申長至後一日記。」

沈氏弋説

先子跋云：「己亥冬日，收得舊鈔沈長卿《弋説》一册，蓋龍山查堯卿上舍藏本也。長卿字幼宰，杭州人。萬曆間舉人。按《千頃堂書目》，《沈氏弋説》十卷《月旦》六卷。今此編不列卷數，又無序目，疑非全書也。」

山陽録

《山陽録》一卷，首有社衲米序。楊慧樓進士跋云：「定生先生爲復社領袖，縞紵滿天下，兵燹之後，零落殆盡。恨别感時，驚心濺淚，此録之作，何能已已也。繚繞哀音，聲聲入破，山陽暮笛，感頑艷而凄心脾，人言愁我亦欲愁矣。癸卯孟夏，松陵楊復吉識。」先君子書云：「予友吴江楊慧樓進士喜國朝名家小品，嘗録得數百種，名曰《續昭代叢書》，予家《秋園雜佩》皆從之借鈔者也。」

秋園雜佩

此即從楊氏借鈔者，有侯方域序，子宗石跋語。慧樓進士手書跋云：「是亦易安《金石録序》、遺山《故物譜》之類也。俯仰今昔，轟然傷懷。佩繽紛以繚轉兮，遂萎絶離異。物猶如此，人何以堪。未免有情，誰能遣此。癸卯孟夏，松陵楊復吉識。」

善權古今文録

右鈔本，十卷。寺僧方策纂。有王濟之、文衡山二序，李瀛、蔣允岳跋。先君子書後已刻《愚谷文存》中[注]。

【注】《愚谷文存》卷四《善權古今録跋》：右《善權古今録》，自板葉散燬，求之久而未得。去春客游陽羨，任安上茂才訪借得蔣西一氏允岳舊鈔本，因攜過黄處士湘雲水墨齋。湘雲有才女香冰，見予手此書不釋，因屬其弟歡郎傳録副本，手校以遺予。按西一又字岸生，京少先生從父行也。善權爲荆南名刹，康熙中以惡僧肆虐，致罹燔如之酷，寺中歷朝古迹，一旦悉成煨燼，識者痛之。西一跋譬於恒沙劫火，是亦付之莫可如何而已。香冰名蘭雪，尤擅吟咏，書有晉、唐風格，乃能爲予料理此書，以續空門文字之緣，皆非偶然者，爰爲識其後。

楊忠愍公手札

右録《忠愍與鄭端簡書題跋》一卷，先君子跋已刊《愚谷文存》[注]。此册各有按語，又書後云：「案忠愍公以嘉靖三十一年壬子秋陞南户部主事，未之任。是冬即調兵部武選司，十二月十八日到任。明年癸丑元旦，日有食之，公欲因此上書直陳時政，故曰一路日食奏稿成也。日食次日乃癸丑正月初二日，考《明史・世宗紀》癸丑正月朔獨不言日食，殆是日適逢陰晦，彼君臣方欲諱災，反以内靈臺爲妄，故有拏打之事。公見題目不合，遂趨出別草疏稿，即於是月十八日奏上。此皆與《年譜》符合，無可置疑。其所謂南都事，當即興學校、開荒田、緝武備、繕城池等，皆公平日之欲爲而未得者，《年譜》言之悉矣。二王事亦不過言父子不宜疎遠之意，蓋是時世宗尤多嫌忌，稍涉建儲事，便曰欲死時君，立新君，立置重辟矣。公豈見不及此乎？至末云湖翁欲老先生還朝，湖翁當即徐少湖。按端簡本傳以南太常召爲吏部郎，歷階刑部尚書，皆如公所言也。偶觀諸公所題多有異同者，聊復識之。嘉慶戊午中元日，某再跋于竹下書堂。」

【注】《愚谷文存》卷六《明楊忠愍獄中與鄭端簡手書跋》：

予以壬寅十月得忠愍公此迹，即命工裝爲上、下二册，并丐諸名人題跋，珍弆迄今甲寅，蓋歲星一周矣。恒恐有所失墜，使忠賢寶墨不傳於世。今年三月三日，偶至武原，同人修禊於城南張鷗舫之涉園，時鄭子羹和在坐，因即舉此奉歸，以畢予素志。羹和爲滎陽後起之俊，志學好修行，當有以光復舊業，益昌端簡平泉之緒。幸永保斯迹，傳之奕世，爲君家寶玉大弓，毋使有力者負之而趨，是予所厚望即忠愍、端簡二公之靈實式憑焉。

乾隆壬寅歲孟冬二十一日爲家君五十懸弧之辰，偶避壽秦山得此迹，攜歸，甚喜，亟爲裝整，間以眎當代諸名儒耆宿，多爲之題跋。什襲愛護，初不敢以尋常書品蓄之。暇則出而展讀，或取《忠愍集》暨史傳諸書參伍考證。平日教予兄弟學當爲端人，爲確士，如公之忠節，雖寸楮隻字，使人寶貴如是。又嘗謂斯迹故鄭氏世守，一旦歸余家，萬一有所遺失，思得鄭氏之賢而歸之，此志蓋非朝伊夕矣。今託諸羹和茂才，洵爲得其人。《詩》曰：「雖無老成人，尚有典型。」忠愍公忠貞義烈，昭揭日月，而端簡公於友誼，亦貫注金石。計自公作書至今，凡二百四十有二載，其在予家者十二年。璧返邯鄲，珠還合浦，使端簡有知，得無又喜正人之無恙乎？歲在閼逢攝提格修禊後一日，後學吳壽照謹識。

顧令君政績卷

右題跋歌詠一册，皆爲令君禱雨陳山龍君行祠而作。張文漁徵士見此卷墨迹録出，而先君子手書，並有按語。跋文已見《愚谷文存》。此册末附許雲邨給諫《顧令君頌》一篇，頌爲先君子所收藏，後以贈文漁徵君。詳見《文存》跋語中[注]。

[注]《愚谷文存》卷五《元海鹽縣尹顧令君陳山龍君行祠記墨迹題跋書後》：

許雲村給諫所纂《顧令君頌》，乃公手書於金粟箋。此卷舊爲夾山董氏所藏，世罕有過而問之者。客歲予從苕估收得，書法極端楷。間攜至海鹽，張君芑堂見之，以爲先賢循績名宿典型具在是。未幾，芑堂遊通玄，復得見斯卷，亟録其文畀予。予觀諸公題跋歌咏，蓋皆爲令君禱雨陳山龍君行祠而作，其中如徐東濱、陳句谿、鍾西皋、王綺川、沂陽徐豐厓、董兩湖、趙鳳岡諸公並與雲村後先輩行，殆亦同時所成與？抑與雲村各不相謀，故令君之頌獨不附入此卷與？考令君《陳山龍君行祠記》今石刻在海鹽福業院殿廡。據碩甫董先生之跋，則自元至元癸未迄明嘉靖辛亥，歷二百七十餘年，墨迹尚爲顧氏後裔所藏。由嘉靖辛亥至於今又二百三十餘年，不審存亡若何。幸而復覯是卷，悉其涯略，并溯其前若宋令李公直養爲顯濟廟碑始末，蓋二公之精誠感格，後先一轍，足使數百年後人讀之猶肅然而起敬也。宋時鹽官有張公道望，爲秀州司户，值大旱，兩府致禱，無一應。將有事海鹽陳山龍祠，衆曰：「張司户忠厚誠慤，使禱，宜有感動。」如其言，回車至半道，果大雨，村人皆羅拜雨中。後境有水旱，使張祈之，往往輒驗，時號「感應司户」。此與李、顧二公正足相匹，惜碑志闕略，僅見施彦執先生《北窗炙輠録》。附誌於此，以俟好古如苣堂者。顧令君名泳，汴人。至元中尹海鹽，没葬尚胥里，子孫因家焉。至今其地猶多顧姓，皆公之苗裔也。

許淮陽食史

《食史》一卷，許稚則先生著。前自序題「崇禎辛未賣餳天兩垞老饕書」。先君子校，並有按語。

小名補録

舊鈔本《小名補録》，後附《名花異木記》，同邑陳香泉先生著。先君子書後云：「此編所收，多有與南宋陳思《小字録》及明沈宏正《小字録補》相同者。」先君子又輯《香泉論書偶記》附後。

敬修堂同學諸子出處記

右鈔本，一册。原有硃筆點次，先君照録並校正。

渡海輿記、袖海編

鈔本《渡海輿記》，不著撰人名氏。有雍正十年知將樂縣事蜀周于仁序。《袖海編》，汪鵬撰。有乾隆甲申鵬自作序。二種合爲一册。先君子手校，並記後云：「乾隆辛丑十月廿七日，校於秦溪舟次。時與室人同送外氏葬還，經烏夜邨小泊志。」

一隅録

錢塘周澍著。先君子手寫本，蓋澍客臨汀時所記也。自序謂臨汀八閩一隅，故以名編。又云疇曩旅食金閶，則有《姑蘇記事詩》二卷，都下則有《帝京篇》四卷，涿鹿與李中貴交，則有《温樹録》一卷。今皆未見。予家所收者尚有《臺陽百咏》鈔本，先君子曾采其茗壺詩入《陽羨名陶録》。

竹垞初白二先生尺牘

竹垞、初白二先生尺牘手迹，並爲武原涉園主人所藏，蓋皆與寒中上舍者。乾隆甲寅春，先子假歸，彙録一册，題竹垞尺牘後云：「予以甲寅暮春之初與諸名士修禊于海鹽城南張氏之涉園，主人雅好事，又與予有連。是日，余以所藏楊忠愍公獄中寄鄭端簡手書真迹歸端簡後人羹和茂才，即席同人皆賦詩紀事，留連竟日，頗極文酒之樂。鷗舫旋出此册見眎，蓋皆竹垞檢討晚年手筆也，因借歸細閲之。書凡六十通，其間與馬寒中上舍者什九。寒中爲吾邑藏書家，插架多人間未見本，故書中大抵皆論典籍事。或展轉傳鈔，或多方購買，於此想見前輩好學之勤，嗜書之篤，誠可慕也。至其中論耿炳文没於洪武二十七年，而紀傳謂建文命炳文率師禦燕，由實録爲西楊改削，文獻無徵。此書足正史傳之失，又豈尋常簡札酬應之比哉？因亟録副，而以原本還鷗舫，俾珍弆之。鷗舫爲大白先生來孫，累世清秘之藏，彷彿插花山，斯蓋其一斑云。是歲競渡日，兔床吴某識。」又書初白庵尺牘後云：「右初白先生尺牘，蓋皆與寒中上舍者。其真迹並涉園主人所藏也。某又記。」惜鈔本尚有譌字，須再校正爲善。倘得好古者梓而行之，俾前輩嘉言懿行時時在人耳目。所裨豈淺鮮哉！

玄珠密語

《玄珠密語》，唐王砅著，影宋寫本。每葉十六行，行十六字。前有自序，後滬城成孚氏跋云：「《玄密》一書，除宋版外，更無二刻。又其書微渺難測，世醫亦不欲深究其理，是以所傳不甚廣，迄今日已成絶無而僅有矣。余購之廿年，即鈔本未獲一遇。歲乙亥，偶於茸城張氏得見宋刻本，一時驚喜，如覩至寶。詢之，云以重價購得。余懇借再四，始獲攜歸，即命諸子弟力疾鈔之。近聞張氏本已充進御物矣，余獲借鈔，不勝幸甚，爰識其始末如此，後人其世守之勿替。滬城成孚氏識。」下有「潤埏之印」、「莘畊」二圖記。

先君子書云：「《玄珠密語》十六卷，不見於新、舊《唐書·藝文志》及《文獻通考》，惟晁氏《讀書志》有《天元玉册》三十卷，云：『啟玄子撰，啟玄子，即唐王砅也。書推五運六氣之變。』今此只十六卷，未知與《天元玉册》相同否？夾漈《通志》，《玄珠密語》十卷，不著撰人。焦氏《經籍志》同。《讀書敏求記》，《玄珠密語》十七卷。『七』或『六』之譌。盱江張三錫《運氣格》以爲託名《玄珠密語》，予按其序云，余于百年間，不逢志求之士，遂書五本，藏之五嶽深洞中，遇者可以珍重之，寶愛之，勿妄傳之。見之天生，可以延年，見之天殺，可以逃殺，傳之非人，殃墮九祖。其言多詭誕不經。盱江之言，當非謬也。嘉慶甲子四月，兔床志。」

簡莊徵君得吴中袁氏鈔本，復爲互勘一過，書云：「唐啟玄子《玄珠密語》，按啓玄子即王砅也。砅注《内經》，序云：『辭理秘密，難粗論述者，别撰《玄珠》以陳其道。』宋高保衡等新校正云：『詳王氏《玄珠》，世無傳者，今有《玄珠》十卷，《昭明隱旨》三卷，蓋後人附託之文，雖非王氏之書，亦於《素問》第十九卷至二十二四卷頗有發明。其《隱旨》三卷，與今所謂《天元玉册》者正相表裏，而與王砅之義多不同。』是唐時實有《玄珠》一書，而宋時所傳者疑爲附託。但自宋以來，流傳甚少耳。余得吴中袁氏鈔本十七卷，與《讀書敏求記》合。此本爲吴氏拜經樓舊藏，後有成乎氏跋，知從宋版傳鈔。惟止十六卷，今以余所得本校之，則十一、十二兩卷并而爲一，又五行類《應紀篇》脱落數番，彼此互勘，庶得完善矣。嘉慶十五年除夕，涍海陳鱣記。」暘按：此書自序云，今則直言編紀一十六卷。目録亦十六卷，恐分併有所竄易耳。

宣明論方

《宣明論方》七卷。每葉二十八行，行二十五字。有大定十二年守真自序，大定己亥古唐馬□□序。紙墨古雅，當是明以前刻本。首列分門科類，總一十八門。次列諸葉炮爁炙煿例。先君子書《河間三書》前云：「河間《宣明論方》，原刻七卷，後人翻刻，妄分爲十五卷，而行款亦多改換。余家舊本有大定己亥古唐馬□□序。」暘按：《四庫目録》亦十五卷，云：「大旨本《素問》及《金匱要略》，而用藥多主寒涼，蓋因北方地氣而施。泥之者非，廢之者亦非也。自序稱三卷，此本乃十五卷，其方下小序有稱灌頂王子所傳者，金時安有是名，知傳刻有所竄入也。」其作十五卷，蓋亦據近時刻本。且按守真自序云：「僕今詳《内經》，編集運氣要妙之説，七萬餘言，九篇，分爲三卷，謹成一部，目之曰《内經運氣要旨論》，備聖經之用也。對病論證處方之法，木草性味，猶恐後學難爲驅用，復宗長沙太守仲景之書，迺爲一帙，計十萬餘言，目曰《素問藥證精要宣明論方》」云云，是三卷者，乃《内經運氣要旨論》，非此書也。此本前題「校正素問精要宣明論方」，蓋亦經後人點勘矣。

本草衍義

《本草衍義》二十卷。每葉二十四行，行二十一字。首行題「本草衍義卷之一」，次題「通直郎添差充收買藥材所辨驗藥材寇宗奭編輯」。首張缺前半頁，後半頁第一行「聖旨寇宗奭特與轉壹官依條施行添差充收買藥材所辨驗藥材」，二行「右劄付寇宗奭」，三行「政和六年十二月二十八日」，五行「宣和元年月本宅鏤版印造」，六行「姪宣教郎知解州解縣丞寇約校勘」。紙墨古雅，有「汪文柏」、「柯庭」、「休寧汪季青家藏書籍」圖記。面頁題「摛藻堂藏」。

經歷奇證

《經歷奇證》不分卷，明錢唐錢君潁著。先君子從道古堂借録，識後云：「錢君潁在勝國時以醫鳴，是編病原治法多常人耳目所未及者，惜流傳不廣。昔年見舊刊於堇浦先生案頭，因從之借鈔，以備活人之一種云。乾隆丁酉九秋，兔床記。」

心印紺珠經

右二卷，明刻本。前有江州陳守義序，嘉靖己酉歸德府儒學教授浙東葉良玉書後。先君子書云：「按《千頃堂書目》，《心印紺珠經》二卷，元朱撝作，字好謙，傳醫學於李湯卿，劉河間弟子。」

治法彙

右七卷，舊人批本。先君子題云：「岐黃之書，惟盱江之説最醇正無弊。相傳評點者爲石門某氏，昔二愚兄有之，後遊廣陵歸，失去，常以爲憾。嘉慶癸亥夏五月，予復購得此本，雖非石門親筆，亦有心濟世者之所當留意歟！竹醉後二日，三歸亭長識。」又云：「二愚兄有舊時從養餘齋過録《治法彙》一部，因假而校對，則二愚本評點多漏略不全，大約僅什之二三而已。其間有此本所無者，以墨筆補之其下。有稱『琦記』者，二愚謂即誠庵公，未審是否？當更考之。某又識。」

己任編

右八卷。内墨筆、朱筆、藍筆三種評點，卷首眉間書云：「乙亥十月偶評，與丁卯、庚午批點微别。四卷以後係幼時筆記。」有「東皐艸堂」圖記。

痘疹仁端録

右鈔本，六卷，明檇李徐謙仲光著。先君補鈔首序二篇。并記首簡云：「按《簡明書目》，《仁端録》十六卷，十字疑衍。明徐謙著，其門人陳葵删定。今此本六卷，視近時坊刻五卷者不翅倍蓰，究不知陳葵定本何如，恐未必如此本之詳也。兔床記。」

葬書

右《葬書》，草廬先生所定，分内、外、雜三篇。首有目録，目後序云：「右《葬書》，相傳以爲晉郭璞景純之作，內、外八篇，凡一千二百四十六字。世俗所行有二十篇，皆後人增以謬妄之説。建安蔡季通去其十二而存其八，亦既得之，就其所存，猶不無顛倒混淆之失。此本爲最善，篇分內、外，蓋有微意。雜篇二，俗本散在正書篇中，或術家秘嗇，故亂之也。此別爲篇，倫類精矣，覽者詳焉。臨川山人吴澂識。」前題「地理葬書集注」，「草廬先生吴文正澂刪定，後學金華元默生鄭謐注釋」。後附《葬書問對》，不著名氏。有趙子常跋云：「吾友程君仲本最爲留意斯事，故書以遺之。仲本之師朱君允升，其人也」云云，末題「至正十三年十月既望，趙汸子常書於東山精舍。」是本紙墨精雅，古香可愛。先君子嘗以示黄蕘圃主事，並別録宋濂序一紙於後，書云：「吾舊藏元版《葬書》，黄蕘圃云的屬元刻，渠家亦有一部，與此本同。《讀書敏求記》所載即此本。此宋潛溪序，乃明初刻有，元本未有也，則未有宋序者不更可寶歟？」

靈棋經

《靈棋經》一册，不分卷，無撰人名氏。有唐會昌九年尚書司門員外李遠叙。書中題「晉駕部郎中顔幼明注，宋御史中丞何承天注，元廬山叔才陳師凱解，大明誠意伯劉伯温解。」每卦象下皆繫以「顔曰」、「何曰」、「陳曰」、「劉曰」等解。先君子手書《通志》一條，《靈棋經》一卷，張良傳撰，又一卷，唐李遲撰。齊江謐占得送貨卦，見《南史》卅六，《御覽》七百廿六。又書《南牕紀談》一則於別紙云：「傅崧卿以冰餽同舍，其柬詞云：『蓬萊道山，羣仙所遊。清異人境，不風自涼。火雲騰空，莫之能口。餉以冰雪，是謂附益。』讀者莫解，或曰：『此靈棊也。』」又董含《三岡識略》云：「《靈棊經》不知造於何人，前列唐人序云，漢留侯受之黄石公，用梓木製棊十二，刻上、中、下各四，擲成卦，每歲人日，以酒果祭之，考書披詞，吉凶得失，莫不奇應。予虔奉二十餘年，叩以事，十驗八九，勝於市廛卜肆多矣。」前列《造靈棊法》、《占儀》、《祭儀》、《祝文》。乾隆壬子十二月十一日，先君子曾以卜萬蒼山墓地，得大通卦。

景祐遁甲符應經

《遁甲符應經》，《讀書敏求記》作三卷。此寥寥數十番，不分卷，未知是全書否。有永樂十三年御製後序，末爲《遁甲大全集》，有《出行圖》、《十二神圖》。鈔本，有「祝眉老」印。

圖繪寶鑑

右五卷，元刻本。每葉二十二行，行二十字。先君子跋刻《愚谷文存》[注]。

吴中黄蕘圃主事跋云：「夏文彦《圖繪寶鑑》五卷，載於《讀書敏求記》者爲得其真，他如《津逮》所刻，已合明欽天監玉泉韓昂續纂者而并爲六卷，又何論近刻之八卷者乎？余所收論畫諸書，如《畫評》、《圖畫見聞志》、《宣和畫譜》、《廣川畫跋》、《畫繼》、《畫鑒》等，皆有舊刻名鈔，惟此獨無善本。今觀此刻，歎爲希有，蓋書必求其初刻，如此刻雖漫漶不可卒讀，然五卷原書具在，後附《補遺》，與他本附《補遺》於六卷後者面目已改，豈不可寶！且收藏爲盧江王，猶是幾百年前故物，拜經樓主人以爲裝潢極精，非民間藏書。吾嘗見成化時閣本《大唐開元占經》，每册俱用黄綾作簿面，復用黄絹作籤條，此可見官書鄭重，即裝潢可辨，與此可互證也。士良搜羅畫人姓氏，可謂極詳，然吾有疑焉。嘉熙時有宋伯仁《梅花喜神譜》二卷。潛溪先生詳畫梅之原，五代有滕勝華，宋有趙士雷、邱慶餘、徐熙、仲仁師、楊補之，今《寶鑑》所列一一不爽，獨遺伯仁一人，則士良之書殆有未盡耶？聊記於此以備考。壬戌仲秋二十有七日，海寧陳簡莊攜此本示余，云是吴君兔床所儲，屬余題識。越五日爲九月二日，聽雨士禮居中，繙閱一過，古香襲人，殊破岑寂，爰跋數語而歸之。吴縣蕘圃黄丕烈識。」

簡莊徵君跋云：「《圖繪寶鑑》五卷，元吴興夏文彦撰。是本雖墨色漫壞，然猶是元版而明印者，遠勝今本之竄亂混淆矣。卷首抱遺老人敘草書極佳，蓋係鐵厓手書付梓。敘稱雲間義門夏氏，則文彦又爲雲間人。是書每册有盧江王圖記，王藏書甚富，就余所見凡數種，皆善本云。陳鱣記。」

【注】《愚谷文存》卷四《明盧江王藏元刻圖繪寶鑑跋》：

嘉慶壬戌夏日，偶收得元槧《圖繪寶鑑》，楮墨精好，古香馣馤。卷首有「盧江王書畫記」印章，蓋明藩邸舊藏也。按《明史》：鄭靖王瞻埈庶子見浦，弘治三年封盧江王，四傳至王載禋，居懷慶。崇禎十七年二月，流賊陷城，王朝服罵賊而死。此書雖未著王名，然其裝潢極精，外用磁青花緞包裹，前後復以黄緞界烏絲闌細標卷目帖於面，款制迥非民間藏書可比，又豈特所謂「宣綾包角藏經箋」而已。計自明季迄今又百六十載，滄桑變易，宗社久墟，玉几金床，無可復問。獨區區卷帙，猶能逭劫灰燐燹之餘，展轉流落我輩手，回憶廬江之遺烈，又不禁爲之欷歔而隕涕也。書凡五卷，與《讀書敏求記》所載相符，較明毛氏《津逮秘書》所刊及近世續補本删節不全者過之遠甚。卷首抱遺老人手書序尤佳。是歲重陽日識於拜經樓，時年七十。

畫徵録

增訂《畫徵録》三卷，後附《圖畫精意識》。先君子親筆評點，並補畫家數人。

百川學海

舊刻本五十八種，内重《中華古今注》、《試筆》二種，有「休寧汪季青家藏書籍」圖記。先君子書目録於别紙，並記云：「此書各種説部，疑是《百川學海》，計五十八種。内重二種。《也是園書目》，《百川學海》一百三十四卷。」又以墨筆標識四十六種云：「上有點者，蘭竹山房本所有，與予所藏同一板口。」又書《開天傳信記》目下云：「『萬回事惟此獨詳。』」其中《翰林志》一卷，先君子手校，並書「六典中書」一條上云：「『行者』下少『則用之』三字，宋本亦少此三字。鮑以文校《翰苑羣書》云然，然則此宋本也。」

拜經樓藏書題跋記卷五

陰晉陵集

右陰子堅集一册，詩三十二首，後附録、《詩話》，先君子從抱經堂借舊鈔録藏，記首頁云：「《陰晉陵集》爲周芚兮大令手輯。其後予從盧紹弓學士借得一舊鈔本，不知何人所集，視周本多詩數首，因録其副，以補毛氏《百三名家刻》之所未備。附録、《詩話》乃周所輯。」

集千家注杜詩

右二十五卷，前題「東萊徐居仁編次，臨川黄鶴補注」。後記「皇慶壬子余志安刊於勤有堂」。首列集注姓氏，自昌黎韓氏迄盧陵劉氏辰翁。按《四庫書目》二十卷，元高楚芳編。並云本南宋書肆所刊，楚芳略爲刊削，而以劉辰翁評語散附句下，已非其舊。此本多五卷，未知視楚芳本何如？至楮墨精雅，不減宋刻。每葉二十四行，每行大字二十、小字二十六。有「雪莊張氏鑒藏」圖記，與向藏《周禮重言重意》所鈐用者同，蓋精於賞鑒者也。

杜律五言注解

《杜五言律》三卷，元趙汸注，吾族商山家塾刻本。卷末一行云：「戊子春日之吉休邑商山吴氏七松居家藏板。」下有「吴懷保印」、「四皓居」二圖記。

韓文考異

右二十卷，元刻本。每葉二十六行，每行大字二十、小字夾行二十。首序無撰人姓氏，次爲寶慶三年王伯大序，又次諸家姓氏，又次李漢序、汪季路書及凡例。先君子書夾簽云：「按《書録解題》載《韓文考異》四十卷《外集》十卷，今此本文集止二十卷，《外集》不分卷數，不知何故。」又簽云：「查氏得樹樓本《外集》别刻目録，《潮州謝孔大夫狀》後尚有疏一首，《憲宗崩慰諸道》。題名七首。然查本刻法亦有誤題下注在後一行，字畫校此本端整。宋諱如廟諱『慎』字、『敦』字皆不缺筆，蓋亦元刻也。」又簽云：「按此當即留耕王氏原刻所謂南劍本也，第余考秀水王惺齋《讀韓記疑》云，王伯大本每卷末附音釋若干條，而此未見。其音釋惟散入注中，譌舛亦甚多，又豈後人翻王本歟？」

又

明刻《韓文考異》四十一卷，朱崇沐本。卷首無宋莒公一條，墨筆補，内有丹黄評點。又卷中補注各條細書於上下眉，頗徵用力之勤，惜不著其名氏。前後有「秀水朱氏潛采堂圖書」及「查初白印」二圖記，蓋曾經竹垞、他山二先生寓目者。先君子書云：「秀水王元啟《讀韓記疑》云：『明新安朱崇沐刻是書，脱誤甚多，因其行世最廣，故據此詳校，俾讀者考焉。』據王説，是此本誠未爲善本，暇日當更以王《記》覆校之。」

笠澤叢書

右鈔本，七卷補遺一卷，先君子校，定爲蜀本，題辭見《愚谷文存》中[注]。

仁和趙寬夫跋後云：「《笠澤叢書》舊刻本不傳久矣。近時有吴門顧氏新雕本，字畫精好，然諦審之，譌謬疊見。海寧吴槎客先生初借吾鄉郁氏本以勘新雕本，復校以拜經樓自藏本及林厂山本、海鹽吾以方本、秀水蔣春雨本，凡五校。初用硃筆，次緑，次藍，次墨，末復用硃，而以『蔣本』二字别之。又以《文苑英華》、《唐文粹》參校，用黄色筆及硃筆，合諸前五校爲七，先生於是書可謂勤且密矣。郁氏本、拜經樓本、林氏本、蔣氏本皆舊鈔，吾氏本則陸鍾輝所刊，吾氏據宋本校正者也。郁氏有元人王益祥跋，即都玄敬據以付刊者。然無玄敬跋，則或鈔自元刻，無謬誤，可依據，其篇次不與顧氏新雕本合。如《紀錦裙》在丙集首，《迎潮送潮辭》在丁集首，《憶白菊》及《閒吟》二詩缺。《重憶白菊》詩在丙集末，《求志賦》下接《問吴宫辭》，王益祥跋在陸憙原跋前。拜經樓本分七卷補遺一卷。《直齋書録解題》，蜀本十七卷，蜀人樊開所刊。《文獻通考》云七卷，『十』當爲衍字，則七卷爲蜀本無疑矣。特補遺一卷未知何時編入，或《書録解題》及《通考》不數補遺耳。前列魯望自序，無樊序，殆佚去。案魯望自序云：『不類不次，混而載之，得稱爲叢書。』則分甲、乙、丙、丁者，陸氏原書式也。以詩文分類析爲七卷者，樊開所編也。特字句較各本殊勝。林氏本者，後有阮林跋，云得龔蘅圃鈔本校，然不知出自宋、元人何本，無勝處，不可信。吾氏本訂譌僅數處，想多與郁本合。蔣本分上、下二卷，篇次與新雕本同，惟少《耒耜經》一篇。字句無謬，足爲郁本之佐證。若顧氏新雕本，先生以爲似從黄俞邰本出，即王貽上初得本也。其中《紀錦裙》蜀本作《記錦裾》，先生證以吴融詩，謂作『裾』者是。《送豆盧處士謁宋丞相序》，先生以丞相爲豆盧瑑，有『宋』字者謬。皆確不可易。坦既借得校本，手自繕寫，浹辰始畢，爰述其校勘次第、各本優劣以質諸先生，且以志嘉惠云。嘉慶十六年十月廿一日書。」

［注］《愚谷文存》卷四《笠澤叢書題辭》：

《笠澤叢書》世尠善本也久矣。昔王阮亭司寇酷愛此書，嘗從黄俞邰徵君借鈔所謂金陵餅肆本也，其後又得毛斧季寄本，所謂都玄敬刊本也。書皆四卷，相傳出自天隨子手編。都本校黄本不同者惟多王益祥跋，少《憶白菊》、《閒吟》二絶句及丙、丁二集中篇章前後少異耳。近時三吴顧氏有刊本，紙墨雖精好，而亥豕舛錯殊甚。亦無王益祥跋，似從黄本翻雕。予恒欲訪求善本是正而未果。以文嘗言郁君陛宣收藏抄本最佳，秋日因偕過郁君東嘯軒借得，視顧本洵善，後有王益祥跋，已缺七十餘字，省其篇章次第，似據都本傳録，但不見南濠跋耳。校畢，復出予拜經樓所有舊人鈔本覆校，始知前二本字句間爲後人率意竄改正復不少，予此本洵乎可珍，惜阮亭司寇不及見矣。按陳直齋《書録解題》云：「《叢書》爲甲、乙、丙、丁，詩文雜編。政和中朱衮刊於吴江，《補遺》一卷，用蜀本增入。」又云：「蜀本七卷，元符中郫人樊開所序。」此本正七卷，第八卷爲《補遺》，又不知出自誰手，視顧本少古、近體詩十二首、《送小雞山樵人序》及樊、朱諸人序跋，合諸樊序所云八十餘篇者，則定爲蜀本無疑。惜卷尾零落，《耒耜經》自「散墢去芟者」以下缺，《五歌序》一首亦缺。然而世無都本，已不知黄本之紕繆若此，又孰知尚有蜀本者存於今日，以匡二本之失？屈指自樊氏爲序以來已閱六百七十餘載，豈非所謂在在處處有神物護持者耶？手校既訖，因跋其後，并以示以文云。時乾隆甲午秋日。

又

右蜀本，即從舊本録出，後復從宋本附録補遺一卷。每葉二十四行，行二十一字，視各本多《送小雞山樵人序》、《漢三高士贊》、《小雪後書事》、《小名録序》諸篇。先君子記云：「此卷行款字數悉照宋本。」

又

右中吴顧氏刻本，先君子從諸本校凡五次，並補録《小名録序》、王益祥跋、陸鍾輝跋及明王良楝、康熙丁卯龔蘅圃、阮善長諸題識。其始末具詳《愚谷文存》跋中。此本記云：「甲午秋日，借錢唐郁陛宣東嘯軒舊鈔本校，用硃筆。復用拜經樓藏本校，用緑筆。乙未二月，以文又購得林厂山先生鈔本，用藍筆校。丙申秋仲，復從海鹽吾太學以方借其照宋本校正陸氏刊本，用墨筆，并補録《小名録序》及跋。辛丑九月，又借得秀水蔣君春雨舊鈔本校勘，仍用硃筆。蔣本惟分上、下二卷，無目録，前列樊開序及自序，卷末附《陸龜蒙傳》、朱衮後序、德原跋。蔣本前後篇數與刻本同，唯少《耒耜經》一篇。」

復經周松靄大令、吾竹房太學校。大令記云：「乙未正月初四日校起，初九日畢。其確無疑義者用圈，顯然謬誤者用擲，至字可兩通者用點於傍。但心緒苦劣，匆匆或有未盡處，况風庭掃葉，此事本難，兔床其再勘之。松靄棘人周春記。」吾竹房太學書云：「戊戌首春，兔床先生以此書屬余校勘，勘法一遵松靄先生之例，其是正處朱、黄二毫爲勝。然躋鴟雞尸，自昔爲然。兔床其值本即校，勿以再三爲限可也。竹素後人吾進識。」

先君子又書《紀錦裙》篇後云：「吴融集有《古錦裾》六韻，自注云：『錦上有鸚鵡、鶴，陸處士有序』，此是『錦裾』而非『錦裙』明矣。按鮑鈔《道腴堂集》云，『《甫里集》亦作《記錦裾》』。」又書云：「按詳《記錦裾》文，前言『瓦官寺有天后羅裙、佛旛，皆組繡』，明是裙與旛爲二物。復云『李君乃出古錦裾一幅昹余』云云，似李君所藏衣裾，與瓦官之天后羅裙無涉，詳其制，殆如今之霞帔，故上狹而下廣，前有鶴而背有鸚鵡，的係子華所賦者無疑。陸記又云：『縱非齊、梁物，亦不下三百年矣。』又曰：『曳其裾者誰歟？』其爲非天后羅裙益可見。然其詩落句有『武威應認得』之語，不知其何所指？豈子華當日讀此記不審，而亦認爲天后物耶？書此俟考古者更詳之。嘉慶辛未除夕。」「又考梁元帝詩云：『願織回文錦，因君寄武威』，融詩用『武威』當出此，非指則天也。又記。」

張文漁徵君書云：「《笠澤叢書》余向有碧筠草堂刊本，好友陸白齋又贈何義門先生校本，自喜所藏稱善矣。今假兔床先生所校，集諸家之大成，較何本訂正更多。按碧筠本爲吴人王岐所書，筆訛尤多，先生一一改正，以《説文》爲宗，且有益於小學，不僅爲甫里功臣也。又《紀錦裙》一首，先生校正，是『裾』字，非『裙』字，引《吴融集》《古錦裾》六韻。自注云：『上有鸂鶒、鶴，陸處士有序』爲證，皆刊本所沿訛者，先生精心校之，後之求《叢書》者，不得朱衮、樊開本，當以先生本爲甲觀矣。乾隆乙巳七月十九日，海鹽張燕昌識於冰玉堂。」

黄蕘圃主事書云：「《紀錦裙》一首，兔床先生引吴融詩爲證，可破羣疑矣。余謂『裾』與『裙』雖各本不同，而篇中『曳其裾』者，『裾』字本不誤，且『曳裙』未見所出，斷非『裾』或爲『裙』之誤也。承兔床借讀，附著於此。嘉慶乙丑四月十有九日，蕘翁黄丕烈識。」

又

右陸氏刻本，先君子從慈谿畢氏所藏何義門先生校本、烏程嚴氏所藏何仲子校本勘對，並録義門跋云：「此册丙寅歲大人從江右雜書中攜歸，以其脱誤難讀，久置敝篋中。己丑秋，適從虞山錢氏借得馮巳蒼所傳元板佳本，因取而改竄，以示後人，使知鈔本之不足據如此。若能細寫一浄本，便自可讀，亦不負吾區區讐比之意也。焯記。」「又此書别有編爲八卷者，以自序冠之，則此四卷者乃舊次，八卷分雜著與詩而二之，便非『不類不比』矣。或謂八卷乃宋刻，殆耳學也。焯又記。」仲子跋云：「借華山馬寒中所藏弘、正中鈔本校，鈔本雖未經校勘，訛誤觸目，詳其所自，卻從宋本胥録，究爲善本，觀者幸不以訛誤而忽諸。康熙戊戌秋又八月之一日，仲子記。」

先君子書後云：「乾隆丁酉夏日，鮑君以文爲借得慈谿畢氏所藏何義門先生校本，因傳録於此。《叢書》舛譌至多，予廣求善本讐比，至此凡七本矣。常欲别刊一本，以正江都、吴下二刻之失，未知何時得遂斯願也。」「甲寅夏日，烏程嚴久能茂才又以所藏何仲子小山手校本見借，因復校一過。」又記義門先生跋後云：「畢本後附宋刻《叢書》八卷目録，與予舊藏鈔本略同，故不録。兔床記。」又書《紀錦裙》「曳裾」二句下云：「按吴融有《古錦裾》六韻，自注云云，而蜀本《笠澤叢書》亦作《記錦裾》，似魯望所記者乃『錦裾』而非『錦裙』。然《文苑英華》亦作《記錦裙》，蓋仍訛已久矣。觀此二句，則斷非『裙』，亦與瓦官無涉。疑瓦官者乃武后之羅裙，而魯望所記與吴融所詠者是李侍御所藏之古錦裾，不得混而爲一也。」又書卷首云：「陳直齋云，《叢書》馬甲、乙、丙、丁者詩文雜記。政和中朱衮刊之吴江，未有賦，用蜀本增入。蜀本七卷，郫人樊開所序。據陳氏之説，是蜀本刊在朱衮前矣。自元符庚辰至政和辛卯凡十二年。予舊有鈔本七卷《笠澤叢書》，以諸本會勘之，定爲蜀本，倘能刊之，當遠勝此本矣。」

又

右亦陸氏刻本，前有甫里先生像，馮君補亭所贈。先君子記云：「嘉慶乙丑秋日，馮爾修茂才以此本見寄，時爾修已謈三載矣。」

張承吉集

右唐張祐承吉撰，舊鈔本。首題「張處士詩集」，凡六卷，無序目。按晁《志》作一卷。

黄御史集

右曹氏刻本，八卷，末爲附録。前有洪邁、楊萬里、謝塄三序及曹學佺重刻序。《四庫書目》作十卷附録一卷，云原集久佚，此本乃宋淳熙中其後人所重編。今此爲八卷，未知視閣本何如？首有「敬亭山人家本」、「濇溪」二圖記。

禪宗永嘉集

《永嘉集》，唐僧玄覺撰，慶州刺史魏靖輯，宋石壁僧行靖注。凡二卷，首有楊億所撰《無相大師行狀》。

讒書

《讒書》五卷，先君子從蕘圃先生借本校刊，跋見《愚谷文存》[注]。又鈔本一卷至四卷，蕘翁録寄，有題語。

［注］《愚谷文存》卷五《重刻羅昭諫讒書跋》：

歲丙寅秋，黄蕘圃主事以《讒書》五卷全本屬仲魚孝廉見寄，予喜逾意外，亟手爲校録，刊入《愚谷叢書》中。考《直齋書録解題》，但載《羅江東甲乙集》、《後集》、《湘南集》，而云隱又有《淮海寓言》、《讒書》，求之未獲。隨齋批注，《讒書》刻於新城縣，然近世部録中流傳本絶少。往歲松陵楊慧樓進士鈔得殘帙四卷，聞吴中藏書家尚有足本，屬予從蕘圃訪搆，而蕘圃實無是書。求之累年，一旦果得其全，亟以詒予。蕘圃跋云，此本乃吴枚庵從王西莊光禄傳鈔者。按枚庵名翌鳳，本休寧商山人，與予同宗，徙家於吴，遂占籍爲長洲。諸生，家素貧，博學而嗜古。吴故多藏書家，聞有善本，輒宛轉搆借，往往手自校録，字必精楷。與予交尤莫逆，得佳帙必互相傳鈔。猶憶乾隆丁未暮春，與枚庵相約同訪慧樓於松陵，茗話之頃，適西莊光禄亦至，相與流連款洽，極文酒之樂，夜漏數十刻始各散去。度爾時二君皆已有此書，而彼此無談及之者。無何枚庵即挈家入楚，而光禄亦謝世，二家書籍均多放失。不意時越二十餘載，復有蕘圃、仲魚二君展轉作合於星離雲散之餘，何其奇也！豈江東生故爲此變幻以自靳其讒乎？抑書之離合顯晦固自有時乎？殺青既竟，妥備述顛末，用復慧樓，且告後之讀《讒書》者。嘉慶丁卯上巳書。

碧雲集

右李中撰，卷分上、下，首有孟賓于序，舊鈔本。先君子以琴川毛氏、東山席氏二家刊本校，硃筆記歲月於後，跋云：「李有中南唐時爲新淦令，嘗與張洎、韓熙載、潘佑、徐鉉諸人相友善，故多投贈之什。所著《碧雲集》，水部郎中孟賓于爲之序，尾題癸酉者，蓋宋開寶之六年也。序中摘録秀句，方之方干、賈島，良不爲過。然余讀餘篇，見其眷懷邦國如有隱憂者，正復不少，則又杜牧、羅隱之儔矣。惜當日舉國風靡，淪胥罔顧，屈指曹彬南下之歲，距賓于序集之秋，寒暑僅再周耳。虞之不臘，明者已早燭其必然，孰謂握三寸不律而仰屋梁者遂不曉事耶？是集按晁氏《讀書志》及《文獻通考》所引並云二卷，惟《曝書亭藏書目》作三卷，予此本得之烏夜村張氏，卷數適與之相符，何古今本之不同也。又序言五、六、七言二百篇，而此實三百餘篇，豈後人附益而重編之歟？書此以俟它日考定云。乾隆甲午立秋日，兔床吴某識。」

河東集

《河東先生集》十五卷，舊鈔本，有附録。《四庫書目》作十卷附録一卷。按景序明言十五卷，近慈谿柳氏有重刻本，抱經先生、竹汀先生並爲之序，均未詳卷數，未審視此本何如，當更訪之。先君子書《鐵圍山叢談》「江南徐鉉歸朝後」一則於前云：「據此則仲塗文章雖擅一時，而人品不無可議。張景行狀謂不拘小謹，蓋其微詞。而陳直齋亦云開爲人史稱其傲很剛愎。合觀數語，則開先時自名曰肩愈者，不亦妄乎！戊戌春日，偶從武林得舊鈔本，漫題首簡。」

穆河南集

右舊鈔本，穆修伯長著。三卷，附録《遺事》。有劉清之跋。有「吕氏藏書」、「恥尘」二圖記。

古靈集

《古靈先生集》二十五卷，宋刻本。每卷前有子目，末有《使遼語録》一卷，乃諸本所無者。詳先君子《愚谷文存》跋語中[注]。每葉二十行，每行十八字。雖間有闕翻及文字漫漶處，然紙墨精雅，古香馣馤，誠宋本之甲也。己卯夏，錢唐何夢華少府過談，云新得舊本《古靈先生使遼語録》一種，未知即集中之本否？擬借校尚未果也。

【注】《愚谷文存續編》卷二《宋槧陳古靈先生集跋》：

舊藏宋槧《古靈先生集》，世所希覯。字倣歐、柳，紙若銀板，墨香可掬。宋令云，凡遇濮安懿王諱則爲字不成。此書中於廟諱外，兼避濮諱，尤足徵其慎重。自明以來，若謝在杭小草齋及曹秋岳古林舊鈔本，予皆取以手校，大抵俱從此本傳出，故其所闕字皆與此本相同。兩鈔本前俱有古靈年譜，宋槧本無年譜而有《使遼語録》一篇，則鈔本俱無。其間雖不免漫漶，然猶可據以考史。按《宋史》本傳，神宗立，奉使契丹，以設席異於常，不即坐。契丹移檄疆吏，坐出知明州。考《使遼語録》云：「閤門祇候祁純古來問勞，臣等排備伺闕四字。傳諭次館伴使副依前送到坐位圖子，闕廿二字。留番使例坐次，臣等卻送與生辰番使闕四字。等坐位圖子請依此近例坐次往還計闕四字歸次館，使副差人傳語云：若不依闕五字。田番使例坐位使臣要回闕下，臣等答下闕不具録。坐位未定，已白兩府，云未欲奏知，且闕五字。來商量，若不依此坐位，恐聞」云云。此録所載，視葉祖洽作公行狀尤委曲詳盡，可相發明。蓋公此行實存朝廷大體，可謂不辱君命，故摭録大略於此。

又

鈔本《古靈集》二册，乃曹氏古林書屋藏本，有「曹溶私印」、「潔躬」二圖記，無闕葉，有闕字。較宋刻多本傳及《年譜》二篇。先君子以宋本及小草齋藏本校，記後云：「乾隆甲寅長夏，以所藏宋刻本校讐一過。宋本乃鮑緑飲歸余，二本互有存佚，鈔本與謝在杭藏本相同，刻本多《使遼語録》一篇，尤世所希覯也。是歲秋七月記。」

宛陵集

《宛陵集》六十卷，吴樵石先生評本，書卷首云：「宛陵先生謂作詩須寫難言之景，如在目前，含不盡之意，見於言外。今讀其集，方知此語實先生自道所得也。敬業師曾語余：『宛陵正是突過摩詰。』又云：『宛陵仍是唐音，非宋調也。』阮亭《詩話》作詩曰典，曰遠，曰諧。典、諧易得，遠字惟韋蘇州及宛陵到之。」先君子記云：「右跋當爲吴樵石先生筆。樵石名嗣廣，字芑君。邑諸生。嘗以詩受知於初白先生，故稱敬業師。壬申秋日記。」又書後云：「《宛陵集》爲吴樵石先生評點，樵石名嗣廣，字芑君，樵石其號。海寧硤石人。工詩，與錢坤一、汪匡古諸君往還唱和，身後遺書多散佚。予嘗從其孫曉亭見《樵石詩稿》若干卷，今曉亭没久矣，不知此稿尚存其家否？余藏弆《宛陵集》亦幾五十年矣。嘉慶壬申七月，八十老人吴某記於小桐溪之拜經樓。」

嘉祐集

《嘉祐集》十四卷，《四庫書目》作十六卷，云：「洵集在宋凡四本。曾鞏作洵墓志，稱二十卷，晁氏、陳氏著録皆十五卷，徐氏傳是樓紹興十七年婺州槧本作十五卷附録二卷，又有邵仁泓翻雕宋本，與徐本小有異同，亦十六卷。今所傳者有兩本：一爲凌濛初朱墨板本十三卷，又有蔡士英刻本十五卷。曾鞏所誌與晁、陳所録，今不可見。以所存四本相較，當以徐氏宋本爲近古。今用以著録，而以邵氏宋本互核焉。」是本卷數與諸家悉不合，紙墨頗舊，惟無序及刊刻歲月，未能定爲何本耳。

王梅溪集百家注東坡先生詩集

宋刻《王梅溪集注分類東坡先生詩集》，每葉二十行，每行大字十九、小字夾注二十五。前有「建安萬卷堂刊梓於家塾」長墨印。卷首有「慶元路提學副使矖理書籍關防」鈐記及「濮陽李廷相雙檜堂書畫私印」圖記。先君子跋見《愚谷文存續編》[注一]。此本夾籤云：「《續文獻通考》，元時儒學提舉副司管祭祀諸職，兼送到典帙。按李廷相，錦衣衛籍，濮州人，弘治壬戌進士。累官户部尚書兼太子賓客，贈太子太保，謚文敏。有《南銓稿》二卷《聯句》一卷。見《千頃堂書目》。」又書別紙云：「《王梅溪分類蘇詩注》二十五卷，不及《和陶詩》，迨施元之編年注始合刊之。按《苕溪漁隱叢話》云：『《前集》乃東坡手自編定，《後集》乃後人所編，惜乎不載《和陶詩》。』然則當時人刊東坡詩多不及《和陶詩》，無足怪也。按馮星實刻《文忠詩合注》凡例所見元刊本《王梅谿百家注》，或云末卷《和陶》，余未之見。此亦傳聞未確也。《庚溪詩話》，崇寧、大觀間，蔡京當國，禁蘇軾文詞墨迹而毀之。政和間，忽弛其禁，光堯太上皇朝，盡復軾官職，今上尤愛其文章。乾道初，梁叔子任掖垣，兼講席，一日宿直召對，上曰：『近有趙夔等注軾詩甚詳，卿見之否？』命內侍取以示之。乾道末上遂爲軾御製序贊冠其文集，命有司與《詩集》同刊之。」先君子長歌一首，見《拜經樓詩集》[注二]。此本後附録並記云：「宋《王梅溪集百家注東坡詩》，近所行本皆後人妄行竄亂芟併，全失本真，與宋商邱所刊《施注蘇詩》無異，觀者每以不能一見宋刻爲恨。今夏，有苕賈持此書抵余家求售，適余他出，不值而去。明日余歸，操舟訪之，始得諸硤石南湖中，遂以善直購焉。此書楮墨精雅，古香襲人，真舊本之最佳者。爰爲長歌以書其後，當乾隆五十一年夏重午後二日，兔床吴某識，男壽暘書。」又夾簽云：「吾友鮑君以文嘗疑百家姓氏中胡銓字邦衡爲後人妄添，謂胡銓姓名偶同，而實非忠簡公，予竊以爲不然。按注中明有引『邦衡曰』者，則其爲忠簡無疑。鮑君又謂忠簡廬陵人，不應冠以苕溪。予按書中只以苕溪冠胡仔姓氏上，而胡銓上偶失著廬陵耳。如潘大臨、大觀皆黄岡人，而列豫章之後。徐俯臨川人，而列臨安之後。此並注家之鹵莽也。」

[注二]《愚谷文存續編》卷二《宋槧王梅溪集百家注東坡先生詩集跋》：《東坡先生詩集》，舊有王梅溪集百家注、施德初與顧景蕃合注二本，人但稱爲王注、施注。王分類，施編年。王注有坊刻及茅維、朱從延等刊本行世，故行本較廣。施注頗少，宋商邱得宋刻不全本，屬邵子湘、馮山公等刪訂補注而刊之吴下，論者每以分類、編年及體例定二家優劣。至干注之疎略挂漏，則時行百家注多經後人刪薙，並非王氏本來面目。此本予舊藏，乃南宋建安萬卷堂刊梓家塾，蓋即《文獻通考》所稱建安本也。書分卷二十五、門七十八，卷數、門類亦與時本夐然不同。其注則較時本幾多什之二三，即如《定惠院海棠詩》「自然富貴出天姿，不待金盤薦華屋」。有次公曰：「言不待金盤之盛，而薦於華屋之下。」時本皆無之。《二月三日在黄州點燈會客》「試開雲夢羔兒酒，快瀉錢塘藥玉船。」注子仁曰：「先生又有《獨酌試藥玉船詩》云：『鎔鉛煮白石，作玉徒自欺。琢削爲酒杯，規摹定州瓷。』」此段時刻亦刪去。讀者皆不知藥玉滑盞之即藥玉船，且前詩「快瀉」二字正可與「滑盞」互證，益見坡詩用字之妙。若斯之類，尚不勝枚數。至其楮墨之精，書體歐、虞，字如銀鉤鐵畫。凡皇朝、御、聖等字注中皆敬空。卷首

有朱文鈐記云:「慶元路提學副使邵曬理書籍關防」凡十四字,蓋元時曾以充慶元路官書,爲儒學副提舉所掌收,亦可備典故。又有朱文長印云:「濮陽李廷相雙檜堂書畫私印」,又知在明曾爲濮州李文敏司徒藏書。文敏弘治進士,閱今亦三百年矣。商邱宋犖施注不全本今歸大興翁覃溪鴻臚,金閶黄蕘圃主事復得宋犖施注《和陶詩》二卷,若宋犖王注而卷帙完善者,此外不聞有二本。往桐鄉馮星實方伯輯《蘇文忠詩合注》,嘗屬其戚項根堂中閣,不以畀,星實未幾下世,竟不及一見,未免遺憾云。

案:馮君《合注蘇文忠詩》凡例云,嘗見元刻《王梅溪集百家注》,稱之曰舊王本。觀其卷數、門類與此略符,惟總目間有一二不同,當是元時翻刻本。凡例又言,或云末卷《和陶詩》,余未見,未審果何如。予家宋槧本總目並不載有《和陶詩》,大約附刻《和陶詩》而又注之者,則惟有施注耳。

[注二] 《拜經樓詩集》卷五《題宋槧王梅溪集百家注東坡詩集》:

東坡先生天人流,學如退之蹈□□。孔孟諱。安知賦命落磨蝎,有甚南箕困斗牛。烏臺案急獄吏貴,元祐罪魁朋黨鉤。蠻烟瘴雨洗瑕謫,崇山何異投鵩吺。平生讀書破萬卷,肯效男女徒咿嚘。嘲風咏月非漫與,嬉笑怒駡蓋有由。諸儒競欲作毛鄭,百家箋傳何紛繆。永嘉王氏最後出,誓汰鉛汞存精鏐。七十八門分類晰,此書分門凡七十有八,而邵子湘謂趙氏原本五十門,金華呂氏省爲三十二門,王氏因之,不審何憑。二十五卷部次周。嗣是流傳寖已失,芟併恣意當誰尤。時本皆三十二卷,三十門,其注則芟去什三四。此本依俙尚宋槧,銀鉤銕畫參虞歐。麻沙紙印建安梓,能事各擅東南州。何來關防慶元字,元時知作官書收。提學兼司曝典籍,職分想見多清幽。開卷有朱文鈐記曰「慶元路提學副使邵曬理書籍關防」,蓋此書在元時曾入官,而元制提學官兼曬理書籍又史志所未見也。迨乎濮陽重插架,瞰眼又驚三百秋。又有朱文長印「濮陽李廷相雙檜堂書畫私印」,按文敏爲弘治壬戌進士,此印亦幾三百年矣。神仙幾共脈望化,背錦猶喜捁捕留。明窗潔几試端帙,古色黤黤香浮浮。憶昔商邱老好事,主張風雅臨吴洲。

元之舊注苦放失，元珠頗費象罔求。邵子湘補注蘇詩。束家補亡已多事，有識詎免相揶揄。北平秘閣重什襲，商邱宋刻本今爲翁覃溪直閣所藏。而我得此願亦酬。編年分類各有體，燕瘦豈爲環肥羞。紛紛世俗尚軒輊，何異蠻觸尋戈矛。拜經樓前梅月亞，對酒且盡花間甌。人生萬事著夢幻，玉兒終愧東昏侯。蘄春士人事，詳《容齋隨筆》。

又

右《蘇詩王注》三十二卷，末二卷爲《和陶詩》，何義門先生評本。每卷皆題記歲月，卷末記云：「蘇詩僅三十二卷，閱之帀月始畢。讀書如此作輟，雖慧者難望有成，況愚鈍如予者乎？放筆爲之惘然。癸酉九月鈔摘坡公佳句，五日而畢，漫記書尾。」此本先君子從知不足齋借臨，書後云：「乾隆乙未，以文購得《王注蘇詩》及《唐音戊籤》，並何義門太史評本，凡去價十千。蘇詩是陳少章先生臨本，因從之假歸，倩朱君允達録於此本，《戊籤》别自臨之。時丙申夏五，吴某記。」内三十一卷中《問淵明》一首，宋本在第一卷，非《和陶詩》也，先君子特爲拈出。

蘇詩補注

《蘇詩補注》五十卷，查初白先生手稿，桐鄉汪氏藏本。面頁題「初白翁原稿，擁書樓收藏」。並有「梧桐鄉汪氏擁書樓所藏」圖記。卷首自序云：「補注之役，權輿於癸丑，迨己未、庚申後，往還黔、楚，每以一編自隨。己卯冬，渡淮北上，冰觸舟裂，從沙泥中檢得殘本，淹浥破爛，重加綴葺。辛巳夏，自都南還，夜泊吴門，遇盜探囊，胠篋之餘，此書獨無恙也。自念頭童齒豁，半生著述，不登作者之堂，庶幾託公詩以傳後。因閉門戢影，畢力於斯，追惟始事，迄今蓋三十年矣。雖蠡測管窺，何足仰佐萬一，顧視世之開局於五月，蕆事於臘月，半年勒限，草促成書，淺深得失，必有能辨之者。康熙壬午仲春，初白庵主人查慎行識。」

先君子記後云：「右爲初白先生手定注稿，視嘉善刻本多有異同。嘉慶己巳試燈日，老友鮑緑飲自梧桐鄉過訪，謂有初白注《蘇詩》手稿，予出此眎之，相對怳然，蓋先生注此書，數易其稿始成，具見良工之苦心也。庚午夏日，鄉後學吴某跋於西簃之小綌雲軒。時年七十又八。」又云：「桐鄉馮星實補注《蘇詩》，屬其戚項根堂從予借宋刻《王狀元注蘇詩》，不意爲中閣，故馮刻所引王注亦多不全，未免遺憾。翌日槎客又記。」

欒城集

鈔本，前集五十卷，插花山馬氏藏本。首頁有「玉音孝友著於家庭信誼隆於鄉黨」朱文印，卷内有「古鹽官州馬思贊之印」、「馬寒中印」、「華山馬仲安家藏善本」及「秀水朱氏潛采堂圖書」諸印記，鈔寫及書側題識俱精整。

後山集

《後山集》二十卷，舊鈔本。先君子以秀水濮氏校、義門先生評本倩先師朱巢飲夫子過録，記卷首云：「何義門先生評本，乾隆丁酉，從濮自崑先生校本過録。」義門跋云：「《老學庵筆記》云：『陳無己子豐，詩亦可喜，《晁以道集》中有《謝陳十二郎詩卷》是也。建炎中，以無己故，特命官。李鄴守會稽，來從鄴作攝局。鄴降虜，豐亦被縶纍而去，無己之後遂無在江左者，豐亦不知存亡。』」又「康熙己丑秋日，從吴興鬻書人購得舊鈔《後山集》殘本，中闕三、四、五、六凡四卷，勘校一過，改正脱訛處甚多，庶幾粗爲可讀，而明人錯本誤人，真有不如不刻之歎也。焯記。」又「《後山集》十年前始得見明弘治己未南陽王懋學所刊，脱誤至不可讀，訪求宋刻於藏書家而未獲也。康熙己丑，吴興鬻書人邵良臣持舊鈔殘書五册來售，余取而與弘治本互勘，則其所脱誤者皆在。雖出於元版，已非魏昌世所次詩六卷、文十四卷之舊，然猶之爲善本也。其中缺第三至第六凡四卷，非仍得陳同甫編校者及向上宋本，不敢妄爲補寫，蓋新刻有與無均耳。不讀而充數者尚之弗如其無也。是歲中秋日，何焯記。」

雙峰集

《雙峰先生集》九卷，初白太史校本。前有八世孫泰亨及永樂丙申徐鍊、正統元年劉球序，後有李大異撰墓志，七世孫佳及永樂二十二年舒仲誠、洪武癸酉劉鉞跋及高才贊。初白翁手跋云：「是集初刻於宋寧宗嘉泰四年，公季子邁所編，先生自序題曰《雙峰猥稿》。至理宗淳祐七年再刻於連山，章枕山有序。元初，公之七世孫名世重刊，有歐陽冀公序，未幾板燬。洪武中，八世孫泰亨以家藏舊雕本重刻於南昌，訓導劉鉞志其本末。正統中，十世孫守中重刻，劉忠愍爲之序。今所鈔者照正統本，第八卷中缺七言律詩三首，第九卷中缺《訓後》一條，據别本補入。康熙庚子重陽前四日，慎行識。」所補之條書於卷首，云：「慎行於江西書局見是集鈔本，第九卷中尚有《訓後》一條，今補録。」「惟余之在職，存心處事，必欲上通天意，下合人情，買田築室，勤儉得之。後世子孫，優必聞於詩禮，勤必苦於耕讀，教子擇媚，慎終追遠，毋螟蛉異姓以亂宗祧，毋勇很非爲，自罹刑憲。倘違是言，則必爲人指笑曰：『舒通直郎子孫所爲如此。』可不慎哉！」此條補寫第九卷中。此册有「慎行」、「初白庵主」、「南書房史官」諸圖記。

雪溪集

右舊鈔本，止五卷。《四庫書目》云原本八卷，今佚三卷，蓋不復有足本矣。此本卷心題「觀稼樓鈔書」，有「玉峯徐氏家藏」及「沈廷芳」、「茱園」、「晦藥軒」諸圖記。集中載《國香詩》二首，一原作，一次韻，其元唱非銍作也，銍詩乃次韻耳。鈔本不標題名氏，而以元作附録者書前，致相溷耳。安得它本正之。壬午立春日，又記。

夾漈遺稿

右舊鈔本，三卷。詩五十六首，文七篇。

鄂州小集

右六卷，國朝程哲輯録。此從程氏刻本傳録者，首有哲序並鄭玉、趙汸、趙壎、李宗頤、宋濂、王褘、馬瑊、蘇伯衡、林公慶、祝允明諸原序，裔孫文達、從裔孫朗原跋及曹涇撰傳等篇，後附《鄂州遺文》。《四庫目録》作六卷附録二卷，此本附録即在六卷中，《目録》謂其集本劉清之所編，此本叢雜少緒，似非原帙。又云：「附録二卷，爲其兄頌、姪似臣之文。」今是編但有頌文而無似臣文。

網山集

舊鈔本月魚先生《網山集》八卷，有劉克莊、林希逸二序。

誠齋集

舊鈔本《誠齋集》四十二卷，無序目。後題「嘉定元年春三月男長孺編，端平元年夏五月門人羅茂良校」一條。卷内有朱筆、藍筆評點及校字。每册有「以寧」、「吕叔子」、「印楨」、「以寧之印」諸圖記。

後村集

右五十卷，藍格，鈔寫極精。卷内朱筆評點，前有「秀水朱氏潛采堂圖書」印。卷首林希逸序，目録後題「迪功郎新差昭州司法參軍林秀發編次」。後有「武林盧文弨手校」圖記。《四庫書目》作六十卷，今此實止五十卷。

玉楮集

右刻本，八卷。先君子録抱經先生跋於前，並書後云：「右《玉楮詩稾》八卷，據岳倦翁跋，『自寫清本，凡百零七版』，今正合其數。每卷首題『十六世孫元聲等藏墨』，殆明時即依倦翁手録傳寫付梓，故版數適符，而字句間猶不免晉豕，何耶？至跋中又云：『偶至海寧訪友』云云，海寧不知何地？考今海寧州，宋時鹽官縣，至元天曆二年始改海寧縣，惟歙之海陽縣，晉初嘗稱海寧縣，隋改休寧縣，是宋時亦未嘗有海寧之稱，豈亦刊梓時人妄改，或係後人僞造此跋。然元聲爲時名臣，刻其先集，不應鹵莽若此也。偶讀盧學士《抱經堂集》《跋玉楮集》，云未見刊本，因録其跋語於卷首，以見前輩好古之篤，并憶先生昔過草堂，登拜經樓，徧覽藏書，而此編惜未寓目。今先生之歸道山已十餘寒暑，聞抱經堂遺書散佚殆盡，而予之抱殘守缺，所藏雖未能若先生讐校之精，幸而未散。然歐公有言，物聚於所好，而散於所不好。人生數十寒暑耳，孜孜矻矻，露鈔雪購，欲子孫常爲世守而弗替，豈不難哉！豈不難哉！嘉慶十三年歲次戊辰中秋日，海寧吳某識。」又書首頁云：「昔張杞園嘗以《玉楮集》貽王漁洋，乃明衡府高唐王所鈔，漁洋有跋，以爲楮墨裝潢並極精妙，未識視此何如？庚午五月，某又記。」又別紙録《蠶尾文集》跋語一條，書下云：「按高唐王與吾家舊藏臨江王《圖繪寶鑑》裝潢精整，蓋明宗潢之好古者也。識之。」

孝詩

林同撰，一卷。劉克莊序。查初白先生從崑山徐氏借千頃堂鈔本傳録。前有「臨安府棚北大街睦親坊南陳解元宅書籍鋪刊行」一條，後有跋云：「林同字子真，寒齋林公遇子，福唐人。即《宋史·忠義傳》中林空齋也。史逸其名，予考證得之，爲載入《統志·人物》中。戊辰元旦書。」不著書者名氏。初白先生記云：「此金陵黄氏千頃齋鈔本，乙丑余客都下，曾於俞郃案頭見之，今歸玉峯季子。甲午九月借鈔畢附識。初白翁。」下有「慎行」、「初白庵主」、「得樹樓藏書」、「查慎行印」、「南書房史官」及「查岐昌印」諸圖記。

肇論中吴集解

《中吴集解》三卷，釋淨原集釋僧肇所作四論而解之者。首有慧遠序，末有淨原後序。宋本。傳是樓藏書。有「東海臣炯」、「别號自彊」、「徐章仲所讀書」、「徐炯章仲」、「徐炯收藏書畫」、「傳是樓」、「二瀌書屋」、「徐炯收藏秘笈」、「宋本」諸圖記，書側題識猶其手筆也。《菉竹堂書目》載此書，不記卷數，但云三册。

中和集

元本《中和集》三册，前題「都梁清庵瑩蟾子李道純元素撰，門弟子損庵寶蟾子蔡志頤編。」《前集》一卷《後集》二卷《續集》三卷《别集》四卷《新集》五卷《外集》六卷，無序。按《菉竹堂書目》載此書一册，不記卷數。《道藏目録》載是書六卷，並謂爲通儒貫釋之至言。

柳塘外集

右舊鈔本，二卷。釋道璨撰，□師孔序。《四庫書目》作四卷，與此不同。按師孔序云：「録其詩百有二首」，今集中之數相符，似無缺佚。閣本所據蓋别本耳。是册前有「海寧楊氏嵩木藏弆翰墨圖書傳之有緒」二印記[注]。

［注］ 楊嵩木藏書鈐有「海寧楊氏嵩木藏弆翰墨圖書傳之有緒」印，見於上海圖書館藏清抄本《北夢瑣言》。此云「二印記」，疑爲誤記。

佩韋齋集、佩韋齋輯聞

舊鈔本《佩韋齋集》十六卷，熊禾序。《輯聞》四卷，德鄰自序。前有「海鹽夏曉峰書畫記」印，後有「聞人訥甫秘笈之印」木印。

富山嬾稿

舊鈔本《富山嬾稿》十九卷，前題「從曾孫方宗大編集」。有周瑄、商輅二序。周序謂曾孫宗大既嘗編次，今五世孫文傑復能珍藏，校正以壽諸梓云云，蓋是本爲重編付刊。《四庫書目》作十卷，或猶是初本與？

滄浪先生吟卷

舊鈔本《嚴滄浪集》二卷，陳士元、黃清老編校，黃公紹序。

宋高僧詩選

舊鈔本《宋高僧詩選》，《前集》一卷《後集》二卷《續集》一卷，陳起輯。

剡源文鈔

右刻本四卷，前有本傳、自序。先君子親筆評點，記後云：「予心慕《剡源文集》數十年，嘉慶甲子始購得是編而讀之，漫識卷尾，齊雲采藥翁。時年七十又二。」又書《居易録》「戴以古文名，淳祐、大德間與柳貫齊名」數語於卷首，云：「按宋淳祐時，表元年方幼齡，下至大德，幾五六十載，且道傳生更後，亦不得云齊名。」又附録馬寒中先生跋語於卷首。寒中跋云：「歲丙辰、丁巳，黄梨洲先生講學海昌，先君子時與之往復議論，惜思贊童稚，未能備悉精奥也。先生每極口宋戴剡源文，府君購其集不可得，後從叔氏日觀齋見先生所寄選本，遂命思贊刻之家塾。閲歲書成，府君見背。年來多故，未暇整理。昨冬與竹垞先生借得全集，復發興修補欠葉，校讐訛字，其去取批抹悉依梨洲原本，不敢妄有增損，蓋遵先府君授刻之意也。因憶幼侍府君與先生晤對已歷二十餘寒暑，而府君卒於庚午，先生與日觀叔亦相繼下世，重展是集，不勝憮然。康熙庚辰七月既望，海寧馬思贊識於紅藥山房。」

魯齋遺書

舊鈔本《魯齋先生集》六卷，末卷爲附録。首有嘉靖九年康海序，嘉靖三十九年衡府新樂王序，王序署：「分封青社衡藩新樂王誠軒道人載壐汝符父書於少和山房，」此本有「不遠復堂」、「難得幾世好書人」、「趙北溟印」、「無黨」、「蘊真」、「翼雲」、「恥齋」諸圖記。考《明史稿》列傳稱新樂王博雅善文辭，諸撰集多可傳者。高唐王厚煐、齊東王厚炳皆以博學篤行聞，亦可見衡府之多賢王也。

道園學古録

《道園學古録》五十卷，元刻本。每葉二十六行，行二十三字。前有至正六年歐陽玄序，爲陳書崖先生藏本。有「劉氏家藏」、「陳氏家藏」、「書崖珍秘」、「天都陳氏承雅堂圖籍」、「陳書崖讀書記」、「陳氏藏書子孫永寶」諸圖記。先君子八分書題前云：「予友鮑緑飲嘗云，生平見《學古録》數本，獨未見此本。驗其楮墨之精，當屬元時初刻本。又爲覓舊鈔《學古續録》見遺，俾成合璧云。嘉慶癸亥秋九月既望，吴某志。」「所云《學古續録》即《道園遺集》，乃公諸孫堪手輯，至正庚子黄溍跋。某又記。」

道園遺稾

右鈔本，六卷。緑飲先生所贈。末卷爲樂府，附《鳴鶴餘音》，乃公與全真馮尊師合作。《蘇武慢》、《無俗念》，詞也。是編爲從孫堪克用所輯，前有至正己亥楊椿序，後有至正二十年黄溍序，堪有題識。樂府後有公自記及金天瑞跋。《四庫目録》作十六卷，與此不同。今觀楊序云：「凡七百餘篇，皆板行。二集所無者，遂分類編次爲六卷，附以樂府，題曰《道園遺稾》。」是所收當止此，十六卷者，或併二集數之歟？

陳衆仲集

右元刻不全本，僅存詩賦三卷，序一卷。首有明沈氏麟手書《元史》本傳，并記云：「《衆仲集》不多見。嘉靖丙申，偶得此元朝刻本，因手録其傳於前，以識歲月。七十二翁竹東沈麟書。」先君子題云：「按《千頃堂書目》，陳旅《安雅堂集》十三卷，今世行本大約相同。予舊藏此元刻本二册，題曰『陳衆仲文集』，考諸家簿録，皆未見有此目，未審其同異若何。卷首林泉子序作於至正辛卯，距衆仲之卒已十年，當是其子籲最初刻本，雖僅存四卷，而詩則已全。零編蠹簡，何可不什襲珍之。兔床記。」又書別紙云：「按《元史》本傳，《文集》十四卷，不知即此集否？《簡明書目》，《安雅堂集》十三卷，《遺書目》云十四卷。《元百家詩選》小傳，《安雅堂集》一百廿四首。元刻《陳衆仲集》一、二卷一百六十九首，三卷一百五十九首，通計三百廿八首，較《元詩選》多二百四首。」暘按：蕘翁手札，知其家有元刻七卷，並多張翥序一篇，曾許補入，當更訪之。

方叔淵稾

《方先生遺稿》五言詩四十二首，後至元己卯樊士寬所鈔，有跋及《次先生自趙屯歸城中韻》詩，又有王東題語。是册面葉題「寄樓鈔藏」，有「寄樓」、「東萊仲子手鈔」二印記。

江月松風集

《江月松風集》十二卷，金氏憲邦從思復先生手書本鈔藏。筆札甚精，後有《詩補》二葉，明陸嘉穎補四首。曹潔躬先生從所藏元人真迹補《再次廷璋長史留宿韻》二首，題云：「余家藏元人真迹有此二詩，乃知《江月松風集》尚多遺佚。思復以書名，卷册流傳人間者，隨見當補入也。」又從《玉山名勝集》、李氏畫卷、《崑山雜咏》補詩三首。金跋云：「錢思復爲有元詩家，筆墨殘册多有傳者，獨全集渺不可見。洞庭山齋得觀思復手書《江月松風集》，爲錢叔寶、曹潔躬所收藏，紙墨完好，殊可寶愛，因手録一通，藏之篋笥，并使同志者得共傳覽焉。丙寅閏四月二十五日，金憲邦記。」後又録《補遺》二首，書云：「戊辰嘉平月小除夕燈下，録於半園之翛然亭。迂齋。」《四庫目録》云：「其集在明不甚顯，此本乃曹溶得惟善手稿，因傳於世。」蓋即是本所從出也。

夷白齋集

右舊刻十二卷，義門先生手校本，多所補正。卷末鄭國公、王處士二墓志，先生從《吴下冢墓遺文》所録石刻補正版本漫漶處，手書於後云：「《夷白集》末卷鄭國公、王處士二志，板本漫漶，予從汲古閣借得錢叔寶手録《吴下冢墓遺文續編》，二志在焉。據叔寶云，録於文氏停雲館所藏石刻者。余取□□□□則企□□□□刻所避而删□者乃非一處□□□□復不免。聞往時述古堂收藏夷白□□□當年稿本，不知今落何人手。得之乃可是正耳。康熙庚寅，焯記。」「又讀王處士志，可見淮張待士之厚，草竊破亡，而遺老猶思之不置，蓋有足以感人者耶？淮張無大略遠謨，此固其一長也。又記。」惜是册間有剥落補字及跋語未能盡讀爲憾耳。按《讀書敏求記》，三十五卷《外集》一卷，云弘治乙卯張習廣搜敬初詩文，勒成十二卷刊之，志其後云：「先生文集名《夷白》者三十四卷，留吴下士大夫家，秘不傳」，蓋當時原書難覯，故所刻不全，君子惜焉。此從其稿本摹寫者。先君子書此條上云：「緑飲題云：『張習刻本每有出於三十五卷之外者，當時所據者不知何本？又《玉山雅集》録敬初詩大半不在集中，知《夷白齋稿》遺佚者多矣。安得好事者廣爲搜輯，以永其傳焉。』」按此本後無習題識，而楮墨精雅，當是弘治初印本耳。

石門集

舊鈔本《石門集》十五卷，嘉靖壬子李先芳序，黎卓、傅鶚後序。《四庫書目》作七卷，未審視此本何如。

斗南老人集

右鈔本，四卷。間有缺字，首序題「墨林後學」。

説學齋稿

危太樸集四卷，鈔本，吴石倉先生藏書。有朱墨筆校補處，卷首有「石倉手校」及「吴□嘉印」、「州來氏藏書記」二印。卷首載竹垞先生説曰：太樸《説學齋文》傳鈔都非足本，《雲林詩集》係葛邏禄易之所編，前有虞伯生送行序。即後《雲林集》三卷是也。

雲林集

《雲林集》鈔本，南陽迺賢易之編，虞集伯生序。詩二卷，文一卷，查初白先生藏本，有其手校及「南書房史官」印記。卷二後初白先生手書云：「按黄文獻公溍所作《太常博士危府君墓志》：『府君諱永吉，字德祥，徙居雲林三十六峰之陽。』即太樸之父也，詩名《雲林集》當以此。慎行識。」又云：「虞伯生有《清明山房詩爲危太樸作》，又《次韻太樸讀書山中見懷之作》二首，皆載《學古録》二十七卷《歸田稾》中。今撿《雲林集》皆失原作。又宋景濂有《題危雲林訓子四言詩後》云：『危公冢子字於幰，自檢討奉常遷佐薊州，將之官，賦四言詩一章勉之』云云，今亦失原作。」卷一後補《梅仙峰》七律一首，從撫州舊志采出，亦先生親筆。

林公輔集

《天台林公輔先生文集》一册，不分卷。初白庵藏本，補書目録於前，並跋云：「林公輔名右，明洪武朝人，被薦授職閤門下。所著文計一百五篇，不分卷帙。余得鈔本於友人齋頭，補綴破爛，别録如右。原本舊用硃墨校閲，每篇段落及字句之間多有鉤畫甲乙處，於作者命意眉目分明，要是留意於先民矩矱者。故并其圈點悉依原本，以存其舊焉。初白翁。」「又按：先生臨海人，洪武中與葉見泰等並徵官中書舍人，與方正學友善。嘗奉璽書行邊有功，進春坊大學士，命輔導皇太孫，以事謫中都教授，棄官歸。靖難初，聞正學被禍，爲位哭於家。成祖召之不至，械至京，猶欲用之。先生對曰：『罪人逃死已久，藉令可仕，當與方孝孺同朝矣。』成祖怒，剸之死。南渡後追贈禮部尚書，謚貞穆。事載華亭《明史列傳》。世但知先生爲文士，罕有稱其忠義者，特表出之。康熙辛丑四月，查慎行再識。」

滄螺集

孫大雅著，六卷。前有宋濂撰《東家子傳》，後有薛章憲跋。汲古閣刻都玄敬校本。

草閣集

《草閣集》六卷，後附《筠谷集》一卷。宋濂序，後跋不全，未知撰者名氏。

圭峰集

羅文肅《圭峰集》三十七卷，錢湘靈先生評本。朱墨紛綸，印記重疊。《四庫書目》三十卷，此多七卷。

姑蘇雜咏

右一卷，明高啟著，周傅編。有洪武四年啟自序，三十一年傅後序。卷首有「檇李項藥師藏」、「蕘峰山人」諸圖記。

六臣注文選

《六臣注文選》三十卷，汲古閣刊，何義門先生七校本。先君子從盧學士抱經堂借本手録，並書首頁云：「按《唐書·曹憲傳》云：『憲始以梁昭明太子《文選》授諸生，而同郡魏模、公孫羅、江夏李善相繼傳授，於是其學大興。句容許淹者，自浮屠還爲儒，多識廣聞，精故訓，與羅等並名家。羅官沛王府參軍事、無錫丞。模武后時爲左拾遺，子景倩亦世其學，以拾遺召，後歷度支員外郎。善，見子邕傳。』今世第傳《文選》六臣之注，而餘人罕有著聞者。」

唐音戊籤

《戊籤》八百十七卷，義門先生評本。先君子從緑飲先生知不足齋借録，後六册係巢飲師手書，並補鈔缺頁，記後云：「《戊籤》六册，臨始於閏七月之朔，畢於九月九日。日間不無作輟，過於燈下者居多，是以作字麤細不勻。中間缺頁俱爲補寫，但未釘入耳。至字畫疑者闕之，無疑者易之，然尚有疎忽處，鉅眼可復校正焉。丙午九月燈下書於金閶之客館，巢飲識。」先君子書云：「何義門學士評點《唐音戊籤》，攻韻語者得之，不翅枕中鴻寶，恨其流傳甚少。此本予從知不足齋主人借録，有六册，未竟，朱巢飲茂才時館於姑胥小漆園中，適見予行篋有此六册，遂爲卒業焉。嘉慶庚午春，兔床山人識。時巢飲没已越歲矣。」其中夾簽甚多，爲從兄梅峰先生手筆。先子記曰：「從子延清摘其可疑者簽出，有爲予筆訛，亦有原本誤者，不無有益於此書也。」

戊籤餘

右《戊籤餘》稿本，有硃筆、有藍筆評點並按語。又别紙書云：「《法雄寺東樓》。七絶。釋圓至曰，郭氏王孫富貴，封爵至開成後猶不絶，其宅不應在貞元、元和中已爲寺。然《郭晞傳》云，盧杞秉政，多論争郭氏田宅，德宗稍聞，乃詔曰，子儀有大勳，嘗誓河山，勒金石。自今有司毋得受。按此詔雖禁有司論奪，未嘗以應有者還之也。夫以子儀之肉未寒，而不保其室，德宗待功臣何薄耶？」是書本八册，先君子以七册贈文漁徵君而留其一，書後云：「予收得《戊籤餘》八册，海鹽張芑堂明經愛玩不忍釋手，因割七册貽之，而自留此册，以見前輩用力之勤，非後生所能及也。己酉夏日，槎客記。」又云：「余所藏有何屺瞻學士評閲《唐音戊籤》全部，極精，誠學詩者之津筏也。庚午暮春又記。」

唐分類歌詩

趙孟奎《分類唐歌詩》，原本百卷，此僅四册，蓋從宋本影鈔者。首有咸淳改元孟奎自序，序後爲總目，分類凡七，天地山川類三十二卷，朝會宫闕類八卷，經史詩集類三卷，城郭園廬類二十卷，仙釋觀寺類十二卷，又十一卷，此十一卷疑别爲一類，鈔手偶脱去標題名目一行耳。兵師邊帥類二卷，草木蟲魚類十二卷。每葉十八行，行十八字。總目及每卷首行題「某類卷第幾」，下空二格，題「趙孟奎」，又空一格，題「分門纂類」，次行題「唐歌詩」，下列總卷數目，蓋亦所謂大名在下，小名在上者。每卷各有子目，每首詩前低二格書題，次行低五格書人名，行款亦爲近古。後有毛斧季二跋及「附録葉文莊《書唐歌詩後》」一條。先君子跋見《愚谷文存》[注]。此書云：「何義門評點《唐音戊籤》中一條云，趙孟奎《分類唐歌詩》殘本十餘卷，汲古毛氏收得之，今歸蔣生千道。然則予在吴門所見者豈千道所藏本耶？當更訪之。己酉立夏日，某又記。」又云：「嘗見劉一清《錢塘遺事》載咸淳間詔行官田之制，趙孟奎自陳投賣。蓋是時賈似道當國，以軍興國用匱乏，特下此令，官民騷然，莫有應者。自榮王倡之，繼是惟文耀而已，可謂賢而有識者矣。使天水宗潢皆能如文耀之公忠體國，又豈懼白雁飛來乎？甲寅夏五又跋。」又云：「《癸辛雜識》又載春谷在衢州斬大蛇事，亦可見膽識。庚午夏，又識。時年七十有八。」又云：「趙春谷梅亭曰東風第一，見《癸辛雜識》。」

［注］《愚谷文存》卷四《書宋趙孟奎分類唐歌詩殘本後》：

南宋秘閣修撰趙孟奎文耀《唐分門纂類歌詩》十册，昨歲見之吴門舊肆，乃宋槧本，楮墨精好，後有毛斧季手跋及王石谷、唐孔明報書，蓋汲古閣中舊藏也。及讀斧季之跋，歷敍得書原流，至欲求全本，令其戚嚴拱侯宿逆旅，爲失金者所累，蒲伏公庭，手探沸油，幾於性命不保。不禁爲之詫歎，古來求書者多矣，未聞有此奇阸。他日與鮑君以文言之，以文負書癖，不減斧季，即往吴中物色之，已不可得。未幾獲此舊抄本，凡六册，首尾間有闕翻，約可一十二卷，蓋江都馬氏瓏瓏山館所散出者。欣然以示予。予觀其跋雖非斧季手書，并少石谷、孔明二劄，然鈔手端整，猶不失爲中郎之虎賁。因思孟奎當日纂輯此書，卷盈百數，詩四萬有奇，作者至一千三百餘家，自序言上自聖製，下及俚歌、郊廟、軍旅、宴饗、道塗、感事、送行、傷時、弔古、慶賀、哀挽、遷謫、隱淪、宫怨、閨情、閒居、邊思，風月雨雪，草木禽魚，蒐羅包括，靡所不備，俾覽者如入建章而睹千門萬户之富，動心駭目，迷不知其所從，網羅可謂廣且備矣。然自來收藏家舉未見著録，逮明崑山葉文莊公從雷侍郎景陽鈔得殘本二十餘卷，爲之題跋，著於《涇東稿》，而人始知有是書。後來琴川錢氏、毛氏雖皆有之，然全本卒不可得，豈書之顯晦亦誠有定數。而予也生後百餘年，無意之中兩得寓目，嘗鼎一臠，固不可謂非厚幸也。自序又言少日常從雪林李龏論詩，及輯是編，亦與合訂而足成之。案龏字和父，笠澤人，家吴興三匯之交，效元、白歌詩，不樂仕進，年登耄期。有《漱石吟》、《梅花衲》、《翦綃集》等。又《佩楚軒客談》曰：「和父自作墓誌，有鄧伯道之恫，未幾死。趙文耀爲誌，葬之何道兩山間，樹梅百株。趙德符題其碣云：宋詩人雪林李君之墓。」據《客談》之説，則孟奎不特天水帝胄，性耽風雅，即其於交友之間，誼敦終始，抑亦篤行之士哉！因斧季考孟奎世系，并附于此。乾隆丁未秋日。

會稽三賦

《會稽三賦》不分卷，前題「東嘉王十朋撰」，次「剡谿周世則注，郡人史鑄增注」。并撰《釋音》附入。有嘉定丁丑鑄序。每葉二十二行，每行大、小字二十，均空一格。黄蕘圃主事跋云：「宋本《會稽三賦》，往予所見有三本：一得諸顧八愚家，一見諸顧五癡處，今歸灊研堂。一見諸顧抱沖所。八愚、五癡爲昆仲，其兩本悉屬舊藏。若抱沖則得諸它處，非郡中物也。然皆大字不分卷，每半葉九行，每行大十八字，小卅二、三字不等。注中有注。此板板式與前所見者異矣。玆本首載史序，第一葉與《會稽三賦》第一葉誤倒，故印記反鈐于賦之第一葉，應正之。丙寅穀雨後二日，蕘翁識。」

瀛奎律髓

馮巳倉、定遠二氏評本。一用墨，一用朱。巳倉書後云：「己丑再讀一過，亦閱月而畢，生平所得詩法盡在是矣。四月廿八日燈下，巳倉馮舒。」定遠書云：「家兄讀此書畢，謂余曰，吾是非與弟正同耳，余意未信。今竇伯姪以此見示，取余所評較之，真符節之合矣。今日求可與言詩者定何人哉？八月廿七日，書於小樓之西窗，家兄没二年矣。定遠班識。」陸氏書云：「巳倉、定遠兄弟稱詩爲馮氏一家學。定遠評駁此書凡有三四本，斧季此本其一也。復取他本評語一一載入，前後心目庶可考見。余又從友人處見巳倉閱本，用墨筆録於卷内，以徵兩馮手眼之同異云。甲辰閏六月三日，常熟陸貽典識。」每册副頁鈐以朱文木印云：「聚書藏書，良匪易事。善觀書者，澄神端慮，浄几焚香，勿捲腦，勿折角，勿以爪侵字，勿以唾揭幅，勿把穢手，勿展食案，勿以作枕，勿以夾刺，隨損隨修，隨開隨掩。後有得吾書者，並奉贈此法。」余嘗仿此刻一印，惟易末二語云：「後人竇遺書者，必當謹守此法。」

宋人小集

《宋人小集》十六種，姊婿許梅隱所贈，爲《何潛齋集》、《傅忠肅文集》、《晁具茨集》、《高彦先集》、《謝幼槃集》、《浮溪集》、《白石道人詩》、《佩韋齋集》、《倚松老人詩》、《瓜廬集》、《雪巖西塍集》、《雪磯叢稿》、《疎寮集》、《雪林集》、《病榻小集》、《秋江集》等。先君子題云：「許甥懋堇舊藏此南、北宋人集十餘家，似從《江湖》、《羣賢》等集鈔合，中間敘跋間有明人手筆，惜乎家數寥寥，不及十之二三，然終屬舊鈔，可存披閱也。嘉慶戊午，兔床識。」

二妙集

右舊鈔本，八卷。前有草廬先生序，虞伯生先生所撰《段氏世德碑》，後有泰定四年别嗣輔跋，成化辛丑賈定跋。

大雅集

右舊鈔本，八卷。前有錢鼒、楊維楨及良自序，後有王逢序。先君子命兄壽照書竹垞先生跋於末，簡莊徵君借閲，校補數處，鈐圖記於卷首。

樂志園集

舊鈔本《樂志園集》八卷，後附《補遺》，元崑山呂誠敬夫著。先君子校閲，復經黄蕘圃先生以家藏秀野堂鈔本互勘，手書補正脱誤。蕘圃題云：「此册爲兔床山人藏本并手校者，介髯翁示余。余取舊藏顧秀野鈔本勘之，大段略同，而詞句互有得失。至命名則有異，此云《樂志園詩集》一至八卷，余本則分題，各爲一集，一云《來鶴草堂稿》，二云《既白軒稿》，三云《竹洲歸田稿》，鄭文康後記外，又有《鶴亭唱和》一卷，又有十葉，亦敬夫詩，無集名，未知云何，此皆脱之矣。卷一内此多《南海道中》三首半，各本皆空白，因據補余本。余本《竹洲歸田稿》内多『杖屨』云云至『答之』，此本脱也，亦據余本補入。鄭記不全，亦據余本足之。初余校此册未半即病，病且幾死，自謂校讐事絶矣，幸天憐余之好古書，而不致與書永訣。新歲謝客，竟畢校此册，良友之託，幸遂宿諾，予喜而良友當亦共喜也。唯《鶴亭倡和》已下詩卷帙甚繁，不能任此筆墨之勞矣，當俟它日命鈔胥續之。嘉慶歲在丁卯陬月哉生明，復翁丕烈記。」後附《歲暮懷人》之一云：「異地能同好，一州得兩人。僑居情久密，謂髯翁。過訪迹常親。君每過吴，必至余舍。屢寄書相賞，曾遺畫絶珍。蒙君作《員嶠訪書圖》以贈。髯翁倘歸去，爲我賀新春。每歲底託髯翁帶拜年帖稱賀。」其鄭文康記及《歸田稿》内「杖屨」云云至「答之」皆補於卷末，前後有「蕘翁」、「更字復翁」、「蕘圃手校」圖記。

荆南倡和集

《荆南倡和集》一卷，元馬治季常、周砥履道二人遊荆南詶唱之作也。前列鄭元祐序及季常、履道自序，後爲附録，亦履道留別季常及寄懷詩，季常所作《履道哀辭》及追悼、追和詩。又有高季迪後序，《重讀荆南集有感》詩，徐幼文、李□□、張□□諸人題。先君子從鮑氏知不足齋明初刻本傳録，手校並輯《荆南集附録》於後。此册書後云：「《荆南唱和集》一卷，元、明之交極爲鄭明德、高青邱、徐幼文諸公所稱賞，傳本絶少。予從鮑君以文知不足齋借得，蓋猶明初刻本，因亟傳録其副，并采摭記傳爲附録係卷末。予生平最愛荆南山水之勝，往來數十年，行篋未嘗一日無此書。今老矣，足不能出户，每一展覽，慨想前輩之風流邈不可追，并念與荆南朋好疇昔唱酬文酒之樂，不禁爲之閣筆憮然也。嘉慶壬申季冬，海寧八十老人吴某跋。」此後簡莊徵君題記云：「嘉慶癸酉孟春，郭海陳鱣借録，并對勘一過。」

赤霞集

《赤霞集》一册，五古、七古、五律、七律、五言排律、七言排律、五言絶句、七言絶句各體爲一卷。首題「赤霞公詩鈔，梁溪浦羲升朗公著」，下題「男伯熊渭飛手録」。有陳鼎新、閔自寅序，傳略一篇，無作者名氏。面籤書「赤霞集，吴鍾巒選。」又浦羲升崇禎辛未貢一條。先君子書後云：「《赤霞集》一卷，乾隆己亥秋日購之花溪故家。朗公崇禎中嘗司鐸海昌，與許金牛爲布衣交，故花溪兩垞之間猶有傳其集者。此編前署『男伯熊手録』，豈尚其子舊鈔耶？按《赤霞集》《千頃堂書目》不列卷數，恐尚不止於此。是編簽題爲吴公巒稺所選，則益足重矣。竹垞《明詩綜》録五律《石城》一首，周松靄云：『面書崇禎辛未貢一行，恐是甌舫選詩時手筆。』果爾，則又可喜也。長至後二日，吴某識。」又題：「予藏此書二十餘年矣，每觀封面題字，的爲小長蘆叟筆，而松靄大令之言洵不謬也。嘉慶乙丑，兔床。」

南濠文跋

都玄敬《南濠文跋》四卷，鈔本，無序目。

王百穀集

《百穀先生集》六册，爲《晉陵》、《金昌》、《燕市》、《竹箭》、《青雀》、《明月》、《荆溪疏》、《延令纂》諸集。先君子記云：「嘉慶庚申，搆得《百穀先生集》，其評點者未審何人，苕估謂是前輩許仲韋明經筆，未知然否，兔床志。」《青雀集》有西河毛文煜序。先君子書云：「此亦毛西河。」

澉江文鈔

查韜荒先生《文鈔》，其婿談禘初先生所輯。先君子傳録，書後云：「洴翁負卓犖之才學，爲竹垞諸公所推服。此稿予從其後人借鈔，尚有《澉江詩鈔》，惜未及録。其生平境遇多轗軻，晚客茶陵而没。同邑朱茂才亦大，與洴翁中表兄弟也，有《悼韜荒》詩云：『路傍香草霧中花，采采其如秋望賒。哀此欲招無處所，不知雲雨散誰家。』觀此，是洴翁楚遊時乃眷一煙花而死於其家，亦可慨矣。亦大名淳，日觀先生子也。有《曉亭詩鈔》。乾隆甲午春日鈔，重午後三日校於拜經樓。」

衎齋詩卷

右刻本《衎齋詩》四卷，先子跋云：「寒中上舍生平與查初白先生交最莫逆，故其詩律之風神流麗，一往情深處，頗極相似。至擬古樂府詞質意古，使人味之不盡，雖初白尚有不及。予家去插花山僅一舍，每登樓東望，惟見寒烟衰草，亂雲滿目，慨望昔日之風流，非特琴書圖籍散亡略盡，即道古樓之故址且不可蹤迹，頗深生不同時之恨。」又云：「《衎齋詩》予家尚有大字刊本，詩多有不同，蓋刻在後也。并附《查惜吟香稿》，雕板甚工。」

天啟宫詞

右《宫詞》一百三十六首，蔣之翹作。前有自序。先君子校，有按語數條。簡莊徵君跋云：「《明詩綜》：『蔣之翹，字楚穉，秀水布衣，甲申後隱於市。《詩話》：楚穉居射襄城，詳對《楚詞》、《晉書》、韓柳文集，鏤版以行。又輯《檇李詩乘》四十卷，搜録鄉黨先正詩無遺，兼能備舉軼事，使聽者忘倦。晚年無子，書籍散佚無餘。《詩乘》亦亡，可歎也。』按《明詩綜》選秦楚芳《天啟宫詞》八首，而《静志居詩話》嫌其述客、魏居多，而事關德陵者寡，不無微憾。此楚穉所作，較之楚芳作爲詳備，乃《詩綜》並不選入，豈竹垞先生猶未見耶？鱣記。」

擬故宫詞

右鈔本，四十首，唐宇昭作。先君子題云：「唐宇昭字孔明，家富藏書。毛斧季嘗聞其有宋槧趙孟奎《分類唐詩》一百卷，展轉倩友借之而未得。」詳《拜經樓詩話》[注]。

〔注〕《拜經樓詩話》卷一：

常熟毛斧季，嗜古不減其父。嘗讀手跋趙孟奎《分類唐歌詩》殘本，自言展轉訪搆，幾於心力俱殫，因摘其大略，以見前輩求書之篤非後人所能及云。趙氏《分類唐歌詩》乃鄉前輩藏本，後以售于先君者。先君見背後，先達爲予言，此書世間已無第二本。予急歸撿之，按照目録，僅存十一，爲惋悵久之。因思以天下之大，好事者之衆，豈遂無全書。傳聞武進唐孝廉孔明守昭有之，託王石谷翬往問，無有也。先是，託王子良善長訪於金壇。甲辰二月，子良從金壇來，述于子荆之言曰，唐氏舊有其書，須價百金。因思于與唐姻婭也，果能得之，鳩工付梓，不過傾家之半，遂可公之天下，俾讀其書者如入建章而睹千門萬户之富，此生樂事，孰踰於此矣。盍再訪諸，即欲鼓棹。内兄嚴拱侯垣曰：「此韻事，亦勝事也，吾當往。」次日即行。道經丹陽，宿旅店樓中。中夜聞户樞聲，雞初鳴，隣壁大呼失金，諸商旅皆起，將啟行，户皆扃鐍不得出。天明，伍伯來追宿店者二十三人，拱侯居首，爲與失金者比屋也。匍匐見縣令，命各出囊中金，召失金者驗之，布金滿堂下，多者數百，最少者拱侯也。及驗畢，皆非，遂出。拱侯曰：「可以行矣。」曰：「未也。令不能決，當質之於神。」舁神像坐廣庭，庭中架熾炭，上置巨鍋，傾桐油于中，火炎炎從油上出。向拱侯曰：「請浴。」拱侯歎曰：「毛斧季書癖害人一至於此乎！趙孟奎之《唐詩》，其有無未可知，令予死於沸油，何也！」一老人曰：「若無恐。苟盜金，必糜爛。不然，無傷也。」試以手探之，痛不甚劇，遂醮油塗體，果無損。遂以次二十二人盡無恙。拱侯曰：「人謀鬼謀，鑊湯爐炭盡嘗之，今可行矣。」又一人亦去，其二十一人者，方與旅店鬨。及事白，盜金者，店家也。拱侯抵金壇，促于子荆寓書唐孔明，答曰：「無之。」竟不得書以歸。予趨迎問《唐歌詩》，拱侯曰：「焉得歌，不哭幸矣。」予驚叩之，備述前事，既悵怏，復踊躇焉。

西村集

《西邨老人詩集》三卷，後附《補遺》，乾隆戊午重刻本。先君子補録遺詩五首於卷末，跋云：「余偶得陳勾溪先生手書詩一篇，風骨蒼秀，如其爲人，愛玩不忍釋手。吾友陳仲魚復以西村老人詩數首見遺，亦其遺墨也。書視勾溪雖稍樸致，而詩格高雅似又過之。因補録卷末，併附勾溪作於後。時丁酉十二月，兔床後學吴某識。」

九峻先生集

右舊鈔本，雜文、詩詞一卷，首敘不著姓氏。

棗林詩集

《棗林詩集》，談孺木先生所著。凡古近體詩三百三十七首，後有錢朝瑋所作傳。先君子序見《文存續編》[注]中。此册用硃筆照原本圈點，並附録竹垞檢討《静志居詩話》、他山先生《人海記》二條於末，有按語。

［注］《愚谷文存續編》卷一《棗林詩集序》：

談孺木先生所著書，若《棗林外索》、《棗林雜俎》、《海昌外志》，予皆有藏本，《國榷》亦略寓目，惟《棗林全集》十二卷，詢訪垂數十年未見。頃族孫廷瑞購得舊鈔《棗林詩集》一册以眎予，凡古近體三百三十餘首。卷首列總目，無序跋，後繫錢朝瑋撰傳一篇，未審誰氏所輯。詩分體不分卷，雖非全豹，然吉光片羽，正復可珍，亟録其副而藏諸篋衍。考先生身後，有黄晦木宗羲之墓表，朱近修一是之墓志銘，今復見錢大球朝瑋之傳，彼此相較，互有詳略。至其卒也，黄氏墓表以爲丙申十一月，無日，當依朱、錢二家作丁酉十二月十一日爲當。且大球親與遊平陽幕，其卒又躬視其含，所記必可信也。先生畢生學問，專意於史，而於有明三百年尤殫極心力。《國榷》一百卷，稿如束笋，雖屢經患難刦敚，苦志轉篤，自謂可以信今而傳後，即其爲陽城、膠州二公所知重亦以此。至高公力薦於朝，固辭不就，蓋見時事日非，不足與有爲，實其高識。迨二公相繼野死，先生悒悒，徒抱遺民之恫，拜思陵，哭故人，間關跋涉，終於旅館，良可悲矣。先生既殁，國朝康熙中，詔徵天下名儒開館修《明史》。時館閣諸公共延四明萬季野先生斯同以布衣參史局，壹切咸取衷焉，成煌煌一代之典，而先生已不及預。今《國榷》之書，殘編斷簡，間流落於荒村野塾、蠹筐鼠箱之餘，將恐終歸湮没。嗚呼！人生文章著述，其傳不傳，洵亦有定命與。先生之詩，初不欲以之自名。讀集中諸作，激昂感慨，寄託遥深，即儕之於河汾諸老月泉吟社之列，亦奚所不可哉！

遺老高風

右鈔本一册。首爲陳乾初先生《山中約》，次爲祝眉老先生《忠魂歸夢記》，次爲乾初先生、東海山臞祝遁、用山養吾子蔡遵、來雲先生蔡沛、黄山大辛子許奣諸公詩，又次爲山臞先生《項子魂遊記》及《研譜》、《研譜餘考》，末爲耕煙老農祝子夏《斯文快事》。諸先生詩前有當湖施洪烈《三哀詩》并序，序内謂祝光侯、許元五、祝開美三君，詩則止哭光侯先生者，並附與其仲、叔、季三人詩。先君子書後云：「乾隆丙申重九日，登高龍山，偶得是書，皆海昌遺老詩文雜著。雖卷帙無多，而流傳絶少。予不敢自秘，别録一本，以贈吾友陳君仲魚，俾與《大學辨》諸書同藏於新坂家塾。此本則猶是龍山舊鈔也。嗟乎！南村風景，恍焉如昨，而諸公高躅，邈不可追。是一編者，將以爲《錦里先賢傳》觀之可也，以爲《宋遺民録》觀之亦可也。庚子秋七月，兔床後學吴某記。」

古民先生集

右詩一卷，陳古民先生手稿。集名《來雨》。先師巢飲夫子記云：「昔在吴中，於許生案頭見古民所書論詩畫册子，遊雲驚龍，幾入神品，蓋古民時寓硤之薇山，書此以贈及門許公葵元也。册後但鈐『古民』二字圖記，而不題姓氏，竟不知爲何許人。今覩是集，書法一如昔年所見，又得兔床山人表而章之，則十餘年之蓄疑一朝頓释，真快事也。巢飲誌。」先君子書後云：「陳梓字俯恭，一字古銘。家秀水之濮院。學宗洛、閩。工詩，書法得晉、唐之遺。晚右臂病攣，常運左筆。後居姚江以老。此稿詩字俱佳，陳子珍之。槎客記。時距作詩後一甲子冬十二月朔日。」又書：「觀末載藥酒方，豈書此詩時已在攣臂之後乎？又記。」

尊聞録

右爲汪水蓮先生維憲所著。先君子從魏君小洲處得之，小洲記云：「吾杭前輩汪水蓮先生殖品清華，學問淵雅，所與交皆知名士。偶從市攤拾得此册，雖非足本，味其言論尚友，真今之古人。聞全帙質存某處，需索厚價，兼靳借鈔，誠恨事也。庚午仲冬大雪節前一日，小洲誌。」先君子書云：「積山名維憲，陳句山《紫竹山房集》有詩集序，敘其出處頗詳，謂可入《獨行傳》。是編乃魏小洲鉽偶於舊攤購得見眎，置之案頭，未忍釋也。壬申冬仲，八十老人吴某志。」

嶺雲詩鈔

《嶺雲詩鈔》一卷，錢唐魏柳洲先生著。原有墨筆評點處，先君子評閱用硃筆，記前云：「乾隆乙未五月，閱於拜經樓。」

紅柑齋詩草

海寧查堯卿先生羲著。先君子傳録，並手書沈歸愚宗伯評語於上。

汪氏雜著

此爲同里汪立仁先生所著，先君子收藏，題後云：「此前輩汪茂才立仁遺稿也。立仁本歙縣人，僑居小桐溪，少工詩，善屬文，以屢困塲屋，悒悒不得志而没。無子，遺稿多散逸。每展斯編，未嘗不爲之興歎也。」

韶光紀遊詩

右二卷，朱人遠、許時庵二先生序。堇浦先生增注，凡墨筆皆先生手迹也。

陸綸山先生集

綸山先生《寧遠堂詩》，無序目，後有闕頁。

茶洋詩鈔

尚廷楓著。内有墨筆圈點，面頁題《紅樹邨莊詩選》。

曉亭詩鈔

《曉亭詩鈔》一册，不分卷，同邑朱亦大先生著。前有東阿葛仙老題七絶二首並卷内朱、墨筆評點。

震西賸稿

右詩一册，不分卷，吴漊上董掌衡先生寧銓著。中有與先王父賞梅詩。先君子題前云：「嘉慶壬戌冬，陳仲魚孝廉獲此稿見貽，以其間有與先處士觴詠詩也。每披對間，如讀柳州《先友記》一過。」題中同柬者爲方鳳逸、王晴巖、黄禹璋、江寶臣、陳種邁諸公，方爲余姑丈，江亦吴人。先君子記云：「江寶臣，蘇州孝廉，時與先子同寓吴淒治目，與伯、仲兩兄亦稱莫逆。某記。」又書首頁云：「掌衡茂才父維新先生與先君子同庚，故交最契。」

蘭坨詩鈔

《蘭坨詩鈔》一册，海寧施自勖先生謙著。先君子求得遺稿，手爲繕録，並作序云：「施秀才蘭坨，海昌人也。少以能詩受知於鄉之先達，頗自矜許。及長，累困於制科，常鬱鬱不得志。雍正乙卯，詔州郡舉博學鴻詞，蘭坨名在薦中，亦不登第。老而厄窮益甚，唯放情歌詠，以攄其不平。性復狷急，善謾駡，人以是率不樂與友。獨於仁和杭太史堇浦爲忘年交，唱和尤密。庚辰仲秋，年七十餘病没。聞伊子前夭，一孫尚幼，意甚悼焉。訪其遺稿未得，心恒耿耿，以爲憾事。今年秋，予甥孫焕始從蘭坨長女家借是編示余，爲《虚槎》、《神聽》、《非非想》三集，蓋其手自芟定者。又己巳詩殘帙通得古近體如干首，輒欣然爲手録之。蘭坨生平詩稿如束筍，此殆其什一，餘多散軼不傳，可惜也。竊怪古今來流離不遇之士，莫不託諸吟編，冀垂不朽，然而湮墜者多矣。若唐之張祜、王璘，並負不羈之才，蒙薦知己，終以傲物自炫擯棄草野，慕其文者皆爲之興歎。今張集具在，而王作無聞，觀《摭言》稱璘日賦萬言，口給十吏，則其平日篇章之繁富何如也。故知通塞之理，洵有命存，而流傳之責，的屬來者。予無暇論定蘭坨之詩，直重傷蘭坨之不過，而欲矗傳其梗概於來者云爾。玄黓敦牂十二月立春日，默齋吴某書於清暉閣。」

釣餘集

右朱吾也先生雜文一册，巢飲先師手寫本。先君子記後云：「右朱可人先生名達，海寧人，諸生。英袖先生之子也。」

明詩綜

右初印本，紙墨並佳。先子記首册云：「張爲儒《蟲獲軒筆記》，朱竹坨先生選《明詩綜》，喜删改前人之句，然有大失作者之旨者。即如《亭林集》中《禹陵二十韻》前半『大禹南巡守，相傳此地崩』十韻敘禹陵，後半『往者三光降，江干一障乘』八韻敘乙酉魯王監國事，而末四句總結之曰：『望古頻搔首，嗟今更拊膺。會稽山色好，悽惻獨攀登。』《詩綜》芟去中間『往者』十六句，則所謂『嗟今更拊膺』者，竟不知何所指。竹坨選此書，意欲備一代文獻，宜其持擇矜慎。況生平又與亭林交好，没後録其遺詩，似不應鹵莽至此也。爲儒字承之，海寧人，貢生。生平湛深經學，惜身後著述多散佚。《蟲獲軒筆記》四册，予從其從孫謨借觀，起乾隆戊午十二月二十六日立春，迄庚申五月三十日，排日而記之。大約經解爲多，因令猶子昂駒録其經解筆記，雖尚闕而不全，已足見前輩爲學之勤，幾寢饋於經籍中矣。予家尚有明經所批《十三經文鈔》，亦人間不可多得之書也。嘉慶丙辰八月四日，吴某志於拜經樓。」

斷腸集

詩三卷，宋閨秀朱淑真撰。先君子手寫本，並附録《百川書志》、《詩女史》、《名媛詩歸》、《宋詩紀事》、汲古閣校刊題語、《巖居幽事》各條于前，又記云：「某按，《名媛詩歸》選淑真古近體詩凡一百七十餘首。」

肅雝集

右詩一卷，元閨秀鄭允端著，舊鈔本。首爲錢惟善序，次序不書名氏。先君子記云：「某按，《列朝詩集》云允端集曲江老人錢惟善、汴人杜寅爲敘傳云云，然則此篇蓋寅筆也。」次爲至正丙申允端自序，末有至正甲辰杜寅後序。先君子書《列朝詩閏》、《名媛詩歸》二條於别楮，並書卷首云：「《提要》以《肅雝集》爲僞託。」

玉窗遺稿

右詩一卷，朱巢飲先師手寫本，跋云：「《玉窗遺稿》，予叔高祖妣葛太孺人之所著也。向梓行於康熙辛亥間，孺人中子僑居邑城，板曾藏其家，坐中落，竟散亡無復存。惟長嗣出繼大宗，居小桃源故里。其玄孫筠岑每以先澤淪亡，自恨生晚，輒泫然涕下，故是集及《日觀山人集》特於殘編賸稿中撿搜而珍藏之。然就兩書以觀，《日觀》世尚存十之三，而此集幾等碩果矣。惜無力重刊以壽諸世，不能闡揚先業，傳播芳徽，吾亦與有責焉。兔床山人吴君葵里，好古士也。庚寅歲，余館凰垷，去山人室邇甚，嘗偕吾徒陳生誦隅造訪，一見如舊相識，因窺見案頭陳相國徐太夫人《拙政園詩餘》一集，係山人所手校付梓者，乃知山人存心風雅，本圖探石室之藏，大梨棗之任，第以是書爲軔發也。頃之山人叩余曰：『《玉窗遺稿》，君家物也，盍出而一讀乎？』余唯唯而退，歸徧搜故簏中不可得，厥後於從兄筠岑架上檢得是書，爲之喜而不寐，迫欲手鈔一本，以應山人之請，奈薄歲闌，俗冗蝟集，未克完寫。今春復適凰垷學舍，差得坐定，續寫成書，並識數言，悲予素不能收藏是書，既乏力重刊，敢以繕寫爲勞乎哉！然卒得應山人之請，不負其好古之心也，則又予之幸也夫！時乾隆辛卯孟春下浣，小桃源朱型家識於陳氏之晚香齋。」

詩因

《大清詩因》閨門一集，亦先師手録，先君子校正。

秋思草堂集

右集爲錢唐女史陸莘行所作老父雲遊始末，有其甥吴磊跋。此本爲先君子手寫，並附録《尊前話舊》各詩於後，跋云：「右録陸氏莘行遺書一卷，莘行爲麗京先生女，適袁花祝氏。今其後嗣無可考，當從祝氏之老訪之，或借其家譜查之，不知此外尚有著述否？吴某跋。」

海昌閨秀詩

右爲褚貞、周僖齡《落花詩》、王範《蕉雨樓吟》、《佟陳氏稿》。先君子書周詩後云：「右《落花詩》三十律，錢唐魏叔子鉽得一便面，有蠅頭細楷書此，末署『癸亥秋盡日，録海昌女史周僖齡《落花詩》三十律於林清書舍，冷紅姚宗灝書。』書法甚精楷。冷紅未知何人，而周亦不知誰氏之女也。予讀之，愛未能釋，因借歸，命子姪輩録其副，與褚紉蘭《落花絶句》三十首合藏諸笥，俟世之好事者傳焉。海昌故多才媛，由明以來，如朱静庵、葛南有、陳倫光，皆表表者，而倫光《素賞樓集》中《落花》三十律尤爲時所傳誦，其警句若『沾泥絮果應同證，入水萍蹤或再逢』、『死謝春光臣盡瘁，生憎夜雨子成仁』、『散爲巫峽雲無影，流出天台水有情』、『處仲遺姬開後閤，季倫看妾墮危樓』、『紫絲帳外疑無地，青粉牆西想有家』、『十六天魔春試舞，八千子弟夜聞歌』、『紅綃别院偷飛月，紫玉深宫竟化煙』、『吴郡臺荒歌舞散，漢宮人老畫圖空』、『舊雨新晴諳冷煖，今朝昨日判悲懽』，雖使須眉操管，何以加之。僖齡諸作，纏綿淒婉，託意隱然，蓋亦倫光之後勁歟。癸卯冬日，槎客吳某識。」書《蕉雨吟》後云：「幼嫺爲海寧硤川人，太學生涵齋次女，適桐鄉李臨皋，早寡無子。女夫朱廣文超之輯其吟稿曰《蕉雨樓吟》，凡三卷，古今體詩二卷，長短句一卷。余從花溪倪硯翁借得全稿讀之，惜其才之饒而志之苦也。《詩》曰：『終其永懷，又窘陰雨』，非幼嫺之謂乎。會當事有重修郡乘之舉，纂修爲姚江邵太史晉涵，分掌藝文者仁和朱茂才文藻，皆於余有故。因即録集名貽之，以存海昌名媛之一種。復摘録其詩數首於此，設有好事者取其集而梓之，當與素賞老人後先輝映矣。甲辰中秋後一日，槎客跋。」《佟陳氏稿》前有題云：「佟陳氏爲海昌次升封翁女，大司空學山先生嫡妹，未出閣時所作，秀慧之致，已見一斑。老荆之母姨也。予初婚時，偶爾手鈔，及今展閱，忽忽五十餘年，若俛仰事。戊申八月，南屏。時年七十有一。」先君子書此後云：「次升名之暹，崇禎丙子舉人。學山其長子斆永之號也。考《陳氏家譜》，次升凡五女，第四女適三韓佟世南，廣東瓊山令。第五女名晥永，字倫光，適同邑楊中默，有詩名，著《素賞樓集》，爲時傳誦。惜其姊能吟詠而人罕知者，并名字亦無可考，豈爲若妹所掩耶？《素賞樓集》中間有與姊唱和詩。今年秋，武林魏小洲偶得此稿詒予，因亟録之。首有戊申八月南屏題字，南屏亦未詳何人也。乙巳蜡月，槎客誌。」

花月吟

《花月聯珠吟》十二首，爲沈氏涵碧所作及其女雲濤祝氏竹如和作，予姊景昭氏亦有和詩二首，附集後。先君子書卷首云：「沈氏號涵碧，陳清渠太學有爲族祖母。沈《花月吟跋》曾屬余點定。」

繡餘草

嘉定白印蘭幽谷氏撰。先君子親筆評點，餘詳《拜經樓詩話》[注]。

［注］《拜經樓詩話》卷四：

閨秀印白蘭，號幽谷，嘉定人也。適同邑李賓函，家貧，僑居虎邱，開館授徒，以給饘粥。暇輒事咏吟，有《繡餘草》。詩多清警，不落纖佻軟媚之習。《咏菊》云：「插過茱萸日漸涼，柴桑佳種又含香。週圍籬落半弓地，消受人間九月霜。傲性原爲高士伴，殘花肯助美人妝。衰年對爾情無限，細拾金英入錦囊。」《秋柳》云：「長條憔悴短條殘，紅粉樓頭怯影單。怕摸鬢絲愁絡索，懶圍腰帶病闌珊。珠韉白馬三春夢，玉露金風五夜寒。誰識空閨思婦苦，横波滿眼不能看。」《菊》云：「籬下寒花黄自兼，千秋知己一陶潛。同余消瘦緣何事，盡日西風怕捲簾。」《柳絮》云：「抱質輕盈是處宜，隨風飄泊下清溪。目斜漁父朦朧看，庾嶺梅花略過期。」《題畫牡丹》云：「花花葉葉綵毫神，窈窕行雲縹渺春。怪得紅顔齊俯首，天風吹下衛夫人。」《小桃》云：「低亞牆陰一小桃，兩年已見拂雲高。也知爾亦傷心樹，長得嬌枝恐不牢。」《初夏》云：「乳燕飛飛纔出堂，恰當芒種肯偷忙。田家戽水趁明月，跳出鱸魚尺半長。」《柳》

云：「商庚語碎柳差池，攀折愁聞玉笛詞。只有九華春殿裏，人間離别不曾知。」句如《春雨曉晴》云：「花邊風送春儺鼓，松下人攜野祭筒。」《姑蘇懷古》云：「九曲春風人獨往，五湖秋祭事堪哀。」《落花》云：「塵埃南陌愁蜂蝶，風雨西園老燕鶯。」《黄牡丹》云：「蜂臺有使通金屋，雞樹分陰護御裳。」皆可誦。賓函仿濮仲謙作雕竹器，隱於市，價不二。老而無子，今與幽谷仍歸故鄉，不復入吴矣。

拜經樓藏書題跋記附録

考 三篇　見《富春軒雜著》。

宋忠勇軍第三都都虞候朱記考

吴壽暘虞臣

右朱記，同里陳簡莊徵君從山左東野明經得於揚州舊城，無背文年號可稽，並遭磨礲，寸度銖兩，不盡合制。印文亦多刓損，未能明晰。安邑宋芝山助教釋作「忠勇軍司延邊事二指揮第二都都虞候記」，江都江鄭堂文學釋作「司廷邊吏」，簡莊徵君作考，釋爲「忠勇軍右進邊第三指揮第二都都虞候」。今細加審辨，似當以徵君釋爲正。惟「第二都」則當作「第三都」，篆文殘闕處尚有迹也。考《宋志》，侍衛親軍步軍司有都指揮使、副都指揮使、都虞候各一人，所領步軍，自神衛而下左右四廂都指揮使、都虞候，左右廂各有都指揮使、都虞候，每指揮有指揮使、副指揮使，每都有都頭、副都頭、十將、將、虞候等。忠勇軍在步軍神衛下，隸侍衛司，咸平五年以易州兵能禽賊者立指揮一成都。此印徵君謂是忠勇軍右軍下第三指揮，考《五代史·唐傳》有左静邊都指揮使，《晉紀》有鎮海興武左右廂開道都指揮使，是每軍下左右廂指揮使又各有其號。宋沿唐、五代之制，當不甚異。進邊云者，猶靖邊開道之類歟？徵君考又云：「鄭堂謂此印是高宗南渡駐蹕維揚倉卒時所鑄。按《中興通鑑》，建炎元年，因李綱議募兵，仍創禁軍驍勝、北捷、忠勇、義成、龍武、虎威、折衝、果毅、定難、靖邊凡十號，每號四軍。此云第三指揮，其四軍之一歟。又按：渡江後官印多亡失，禮部更鑄給之，加『行在』二字，或冠年號，以别新舊。兹不冠以年號者，明此軍初復無新舊之嫌也。惟時方草創，三衙之制未備，立御營司，有御前諸軍都統制。《容齋五筆》載所進劄子，請正三衙之名，時不果行。然《建康志》『御前諸軍都統制司』題名記，王權以龍神衛四廂都指揮使、寧州觀察使、殿前司忠勇馬軍統制除武康軍承宣使差充建康府駐劄御前諸軍都統制，是仍帶指揮之職，而忠勇更屬殿前馬軍司矣。又建炎後將兵屯駐，復有忠勇、遊奕。寧宗嘉定三年，以江陵忠勇軍爲御前忠勇軍，則似此軍廢而復置，屢有增易。忠勇之號，不獨侍衛步軍成都指揮，而其典禁衛職近事親固直隸御前者矣。」此記視予家端拱二年拱聖下十都虞候朱記稍不逮，然古色黯然，篆法深秀，其銅質鑄造不及他印之精整，正鄭君所謂倉卒時所鑄者耳。嘉慶丁丑九月，吴壽暘識。

金勾當公事印考

右金源印，長宋尺二寸一分，廣同，重二十兩。柱鈕高寸三分，厚五分。文曰「勾當公事之印」，背文爲土花繡蝕，字畫不能明晰。向止釋出「正隆四年」四字，頃復加洗剔，定爲六年，非四年。下有「八月」二字，左方尚有「汴少府監造」五字。考正隆六年爲宋紹興三十一年，是年金主亮方悉師侵宋，是以有勾當公事之稱。金時本有勾當公，此云勾當公事，蓋發兵則給此印，猶《宋史》曹彬歸自江南，進榜子云：「奉敕差往江南勾當公事回」是也。其稱汴少府監者，亮以六月至南京，四月詔百官先赴南京治事，尚書省、樞密院、大宗正府、勸農司、太府、少府皆從行。此印鑄於八月，故少府上冠以「汴」字，時蓋草創，尚不若正大二年印之稱大名行部，興定元年印之稱行宮禮部歟？稽其鑄造歲月，與本紀若合符節，是可互證。惟是背文填掩，須映日視之，字迹始顯。阮中丞《山左金石志》所載第據印文摹入，未悉其全也。

蒙古景州印考

甲戌四月，於武林天水橋舊肆中得銅官印一，朱文四字曰：「景州之印」，銅質精純，土花斑駁，度以宋三司布帛尺，長二寸一分强，廣二寸一分弱，博五分，重今權十又三兩七銖。柱鈕高一寸二分，縱徑九分，横徑四分。中刻「上」字，背右方正書「宣課行」三字，左方「乙未年三月日造」七字，左側「景州印」三字。篆文屈曲盤迴，正書亦古拙有致。但有鑄造歲月，無年號，蓋蒙古太宗七年印也。是時爲宋端平二年，蒙古未有年號國號，但以干支紀歲耳。其曰「景州之印」者，按《隆平集》所載，宋制凡節鎮有節度使印，隨本司，闕則州本吏用本州觀察使印，又有州印，文曰「某州之印」。金時節度州印三，曰「某州節度使之印」，曰「某州觀察使印」，曰「某州之印」。元初官制未備，景雖刺史州，而未有常員，州印尚仍宋、金之舊歟。其曰「宣課行」者，考《元史·百官志》，太宗始立十路宣課司，選儒術用之。金人來歸者，因其故官，若行省，若元帥，則以行省、元帥授之。蓋時始有宣差徵收課稅之使。大興翁宜泉比部藏一印曰「旁差官印」，背文無年月，但云「宣差襄陽唐鄧軍稞稅所成造」，是課稅所亦掌鑄造之事。《地理志》，河間路景州，唐觀州，又改景州。宋改永靜軍，金仍改觀州，元因之。至元二年，復爲景州。據此則太宗時不應有景州之稱。然《太祖紀》八年癸卯，取雄、霸、莫、安、河間、滄、景、獻、深、祁、蠡、冀、恩、濮、開、滑、博、濟、泰安、濟南、濱、棣、益都、淄、濰、登、萊、沂等郡。又十六年辛巳，宋京東安撫使張琳以京東諸郡來降，以琳爲滄、景、濱、棣等州行都元帥。《鄭義傳》，初，事太宗，佩金符，山東路都元帥，兼景州軍民人匠長官。從伐金。子澤襲。年老，弟江代其職。世祖北伐，賜金符，兼景州軍民人匠長官。中統三年，以江子珣爲千户，領景州新簽一軍千餘。皆稱爲景。且按《世祖紀》至元二年閏五月，升蓨縣爲景州。止言升縣爲州，不言改觀爲景。《元混一方輿勝覽》刊於世祖朝，景州沿革亦不書至元改名之事。又大寧路亦有景州，潛揅堂跋云：「大寧路亦有霍州、景州，史志無之，此書亦未詳其沿革，姑記之以俟考。」是或當時旋置旋廢，偶存其名歟。且大寧非財賦之區，而景爲金鐵所産，此云宣課，其爲河間路審矣。迺志與紀傳歧互，頗滋疑義。殆草創之初，輿地名號未能歸一，逮中統五年，省臣奏請分立省部，四方正名，而後爲定制歟。其以此乙未爲太宗七年者，考太宗六年甲午滅金，得中原州郡。七年乙未，置版籍，頒發州郡牌印，正其宜矣。又考《食貨志》，元之諸稅皆定於太宗時，商賈之稅，甲午年之課稅所、大都宣課提舉司迄諸路皆定歲入之額。此正足與「旁差官印」相證，其皆爲元初制矣。若遼南京析津府景州置於興宗重熙中，重熙二十四年歲在乙未。金之景州先爲河北東路，後屬河間，改觀州在後廢帝太安中，當世宗大定十五年，未改州時歲亦在乙未。然皆宜有年號，且與宣課之稱不合，故定以爲蒙古印耳。

吴壽暘

詩 十五首　見《蘇閣吟卷》。

雲林寺

靈鷲何岧岧，清勝擅幽獨。古寺山麓間，到門途屢曲。泠然一泓泉，澄流漱寒玉。清淺不可唾，挹之未盈掬。奇峯飛片雲，穹然架佛屋。複洞挂巖顛，危石剖崖腹。莊嚴五百尊，山骨何時劚。上有古經床，祇樹敷春木。幾處婆羅花，紛紛糁輕緑。寺僧解嚮導，相與殊不俗。西澗更追尋，新篁夾修竹。鮮翠滴人衣，蒼煙俄滿目。日暮整歸鞭，緑雲猶可束。

秋日寓葛林園次奚丈鐵生韻

頗厭城市煩，山居滌炎燠。疏雨滴新梧，輕煙挂修竹。半榻借僧寮，一燈近佛屋。高人肯來過，相與慰幽獨。懷古登層阿，捫蘿徧深谷。猶有白雲屯，山樵閒共宿。

文待詔爲王槐雨侍御寫拙政園圖 園爲陸魯望故宅，圖今藏吾鄉胡上舍爾滎家。

五湖煙水鷗鷺邊，長虹渺渺浮遥天。黄柑緑橘霜林媚，一笠扁舟動秋思。甫里舊迹蓴鱸鄉，夢隱卜築開溪堂。輞川清曠雲生户，但見槐黄落如雨。寒泉一眼渟澄空，花碕蘿磴泉皆紅。湘波滿地瀉翠玉，寫出千竿萬竿竹。林巒如畫畫如詩，筆妙惟有衡山知。七十二峯羅几案，割取煙霞纔一半。王公本是非常人，文安有力扶直臣。閒居灌圃全清節，爲政焉能更辭拙。君不見吴郡昔著豸冠坊，范公諫聲天下彰。又不見黄州南園蘄一醉，功成那復論榮悴。攜得白雲歸去來，待詔有《歸去來辭圖》。故園夢醒對三槐。緬想清風臨頓里，北禪夜静鐘聲起。

東坡先生鹽官四絶句殘碑

安國寺前雙檜樹，矯若二疏辭漢去。延恩寺裏賢師琴，目空退之無古今。當時四海一蘇子，擔笠瓊雷寄儋耳。杭州出守到鹽官，大悲作記儒通禪。興酣清詠動高閣，腕底濤聲天際落。揮灑墨妙驚老僧，神采外映中藏棱。傳刻好事留貞珉，何年流落明湖濱。有美堂前秋潑翠，古石飛出吴山雲。士鄉主人雅好古，忍使零圭蝕苔土。扁舟載過蘇閣中，醃麯芸編日爲伍。家君得宋槧《百家注東坡先生集》，因名藏書處曰蘇閣。憶昔先生遷黄州，尋春亦復城南游。先生有《黄州安國寺尋春》詩。小房曲檻合修竹，何如散髮披襟臨風浴。獨有眼力窺天人，脩行無物攖世塵。埋雪蒼龍凍不死，幻作神犀騰扇底。東南文士知所歸，學儒學佛通其理。鹽官不可無公詩，望湖兼以拜公祠。梅守賜墨出淳祐，廟側同此尋堂基。響搨氊椎日千紙，殘字猶將補栗尾。寺門清暑摇白蓮，齊豐香市記年年。重將遺墨表靈瑞，定有萬丈祥光騰妙智。家君擬重摹一石置寺中。

過陳簡莊徵君紫薇講舍

背倚蒼厓閣一間，雲生北牖抹煙鬟。放翁詩句堪移贈，買宅錢多爲見山。講舍築於硤石西山麓。新坡舊業本黄岡，卷軸丹鉛説士鄉。士鄉堂，先生晛上藏書處。重繼白公吟眺地，紫薇花下讀書堂。

舊藏英石立峰高二尺許係插花山馬寒中先生故物賦此紀之即用先生集中曠野看雲歌韻

吾家有石瘦而奇，嶙峋三尺芙蓉垂。仿佛花山花底壓，倒折花枝作雲腳。英德靈産高丈尋，美人袖舞雲鬟明。小峰峭立衆峰亂，也復煙霞成片段。南樓道古箋魚蟲，仇池兼伴吟香工。海山檻外勢奔走，想得風篁同撫手。占鴻漸兮寧高飛，樂磐石兮其來歸。寒中先生筮《易》得漸之二爻，因以衎齋爲號，並有坐磐石小影。

丙子歲除前六日過吴門訪黄蕘圃主事於士禮居賦贈一律

雪滿楞伽又歲除，乍從江夏識林居。千秋盛業歸求古，三世交遊重訪書。閣建長恩嵐翠列，主事嘗欲建長恩閣於虎阜。圖傳員嶠墨光舒。秖今故迹摩挲處，展對雲山愴有餘。先君子曾爲蕘翁作《員嶠訪書圖》，時適攜員嶠真逸印，因以爲贈。

數卷遺經獨抱殘，延津敢望劍雙完。寧知百衲成琴易，未使千元集古難。董氏全編供合校，重言片帙輔精刊。時方校刊《周禮》鄭注，以明董氏本爲主，而校以各宋本，假余家舊藏小字《京本重言重意》合勘，余家本闕《春官》及《夏官》上，蕘翁出小字宋本《夏官》並《秋官》上，許歸余補入，更望並得《春官》成全璧焉。新年好向梅花祝，曩歲曾刊《梅花喜神譜》。更與春風補一官。

贈家校庵先生

槐市幽棲比鶴巢，先生居吴之槐樹街。高風幾爲俗情淆。商山此日方山子，萬卷藏書手自鈔。先生祖籍休寧，係商山派。家藏書皆手鈔精本，先君嘗以方山子相擬。

寒公寂後邈煙霞，望裏支硎水墨賒。嘗舉詩社於支硎，與釋寒石唱酬尤密。珍重篋中詩畫箑，深山雨過落松花。先生嘗贈先君子畫扇，並題句云：「决决泉流漾淺沙，深山雨過落松花。閒來偶踐山僧約，留得先春顧渚茶。」

中秋前四日海鹽張楳谷以秋濤古琴見寄

無絃幾識爨桐聲，忽枉金徽致逸情。一曲清風來海上，滿天涼月晚潮生。

丁丑三月望日從臨江鄉魏小洲處接葉東卿去臘寄書並熹平石經論語殘字

西湖草緑柳飛綿，已過江南穀雨天。孤雁唳違經隔歲，（書爲鮑牧堂攜致，余與牧堂别三年矣。）同心想望路三千。奇文曾録圜橋外，（東卿曾刻覃溪學士所摹太學石鼓第八殘文。）殘石重蒐廣政前。卻憶臨江蕉萃客，何時商畧共遺編。（小洲嘗得蜀《石經》《毛詩》殘字，先子曾摹副本，並著《考異》二卷，未及付梓。小洲擬刻先生遺著，亦未果。）

朱西村先生墓次張石樓韻

高隱不可作，遺邱千古尊。青山白雲外，梅鶴與招魂。月冷瀛洲社，風清處士村。招來華表客，猶憶嘯臺孫。（時石樓有《追懷太白山人》詩。）

黄岡古錢歌

（道光二年九月二十九日，黄岡石佛寺橋農家於麥隴中得古錢一甕，文多五銖，間有常平五銖、人貨六銖、五行大布等錢，皆南北朝物也。按鄱陽《泉志》，梁武帝鑄錢，肉好周郭，文曰五銖。張台曰，五銖錢皆無好郭，惟此一種有之。此五銖徑漢尺一寸稍羸，重今權九分稍弱，肉緣較闊，幕有好郭，殆梁製歟。常平五銖鑄於齊文宣天保四年，大貨六銖在陳太建之六年。考《南史・顧越傳》，所居新坂黄岡，世有鄉校，家傳儒學，仕梁、陳，卒於太建元年。此豈其後人所遺耶？閲今千三百有餘載，翠采赤斑，鮮妍欲滴，摩挲賞玩，足證新坡遺跡。爰賦此以諗諸論古者。

黄岡水木秋明瑟，古寺溪橋趨石佛。稻雲被隴漸登場，宿麥抽秧新啟墢。腰鐮忽訝土痕移，觸手俄驚破甕出。繡鋪碧草色斑斑，彩炫青蚨風拂拂。村童撲滿直相當，購置書窗名品列。製沿孝建或僅傳，聞尚有二銖、四銖等錢。百十。圜徑慮虒寸稍羸，重不及今銖之一。貨泉並得稽師利，大布還稱彌羅突。就中獨數五銖錢，珠貫纍纍餘角錢堪共説。緬懷江左幾滄桑，紛紛南北輸軍實。幕有好郭漫無郭，肉篆分明輪緣闊。紀年應與溯蕭梁，女稚驕，歌闌敕勒邊聲切。銀甕難椎玉璧堅，石頭幾下金陵缺。空餘洲苑鎮錢龍，安見柱文堪易轍。於時耆舊老邱園，新坂家學惟傳述。兩朝講幄秩胥崇，北使東歸彌守潔。時經太建又歷年，不數宇文更幣日。蘊藏或又後賢遺，籯金豈是編金埒。孤燈落日寒煙碧，遠水浮空嵐翠活。叢林廣福溯遺碑，太平廣福寺碑，元至正三年沈景顔撰文，俞伯和書。依稀鐘梵雲山徹。家藏太平鐘梵畫幅，款署石谷。卻憶當年楊殿間，夏畦過雨兼飛楔。復有具區源百斛，黝然太古并州鐵。先人歌詠志遺聞，遠寄紫芝偕考核。乾隆乙未，楊殿村農於雷雨後土中得雷斧及古錢數十千，皆趙宋時物。先君賦《瘞錢行》紀事。乙巳歲旱，太湖水涸，土人於湖底掘得獨木舟一，中有梁五銖鐵錢三百餘千，先君購得百餘，特以數枚寄周耕厓先生，都中爲賦長歌。祇今故物同陳迹，慨想流風滋哽咽。遺編三復瘞錢篇，書塾試從追往哲。黄岡書塾額，元周伯琦書。

附詩五首　見《雲根室偶存稿》。

朝登萬蒼山望永安湖

吴之淳鱸鄉

夕息溪灣舟，晨尋溪上嶺。躡屩緣坡陀，停策披榛梗。叢篠曖新雲，喬林耀初景。飛泉濺足清，浮翠侵衣冷。盤紆徑漸微，步仰飛鳥引。探奇景不延，濟勝力偏逞。絶頂一振衣，曠區重引領。遥青迎列峰，秀緑挹修畛。迴渚開煙光，重湖出鏡影。漁舟繞菰蒲，野鶩掠萍荇。目送山間禽，啼入柳陰静。疎花明倦眸，遠鐘發深省。心會多妙理，情移無止境。孫登隱迹遥，許掾遊蹤泯。願追高士風，重泛湖中艇。

程孝子行

硤石程翁昌期，字秋雨，以孝行稱鄉里。年八十，同人擬稱觴爲翁祝，翁辭焉，而以生輓爲言。竊思古人親没，遇生辰不忍置酒張樂，以避生也。翁之意合乎古人，益以見其孝思之永矣。爰爲賦《孝子行》云。

程孝子，生寒素，負土山中築親墓。夙懷風木悲，還撫塚間樹。年且躋耄耋，心猶切孺慕。慕親日日展親塋，春露秋霜頻心驚。時過若駒隙，事死常如生。子事縱盡禮，親死長已矣。蓼莪偶誦哀頓深，鮮民生誠不如死。於今大德臻大年，客來擬賦稱觥篇。孝子敬謝客，致辭先泫然。人無父母生日倍悲痛，此程伊川先生語。祖訓夙承溯宋賢。身不及舞老萊綵，詎忍醉吟香山筵。惟慕泉明自輓意，聊冀知交情見一死前。我聞此語因追憶，相與交已三世歷。不須更作北邙歎，更頌南山什。古之遺孝永名世無極，特表程鄉百世式。

擬唐人贈遠

别時見楊柳，歲暮未還家。君看風前雪，還如楊柳花。

秋日登學宮尊經閣

林杪出書樓，梯雲到上頭。煙光萬井暮，砧響一城秋。檐瞰浮圖聳，窗銜碧海流。一登衆山小，遐想聖門遊。

題蔣生沐廣文雪艇傳箋圖次韻

消寒合尊坐相促，不供醉吟徒醉伏。吾人愧乏梁園才，白雪歌高難再續。聞子呵毫獨鍊詩，滌筆冰甌飫笥腹。辭殫韻劇倡屢和，新詠能砭俗耳俗。郵筩傳誦如樂天，香名勝飲防風粥。想得溪船夜棹回，手裂看詩還把燭。畫師解傳詞客事，帆滿寒雯見飄沐。鷗湖渺渺接錢湖，雲樹模糊共遥矚。君詩多疊錢唐汪丈劍秋見酬韻。我家陶舫曾載詩，細雨東風一蓑緑。陽羡吴菊畦處士曾爲先大父作《載詩圖》。耆舊風流杳莫追，畫中洴洴空馳目。

拜經樓藏書題跋記索引

説　　明

（一）本索引依據《拜經樓藏書題跋記》所列書名，按四角號碼檢字法編排。

（二）各書所附續集、後集、附録以及不同版本，均附於正集之後，不另列條。